在乡愁里穿行

王剑波◎著

吉林人民出版社

图书在版编目（CIP）数据

在乡愁里穿行 / 王剑波著 . -- 长春 : 吉林人民出
版社 , 2022.12
ISBN 978-7-206-19625-6

Ⅰ . ①在… Ⅱ . ①王… Ⅲ . ①散文集—中国—当代
Ⅳ . ① I267

中国版本图书馆 CIP 数据核字 (2022) 第 255467 号

责任编辑：王　斌
封面设计：张保康
封面题字：王　洋
内文插图：于占春

在乡愁里穿行
ZAI XIANGCHOU LI CHUANXING

著　　者：王剑波
出版发行：吉林人民出版社（长春市人民大街7548号 邮政编码：130022）
印　　刷：长春市华远印务有限公司
开　　本：880mm×1230mm　1/32
印　　张：9.5　　　　　　字　　数：210千字
标准书号：ISBN 978-7-206-19625-6
版　　次：2022年12月第1版　印　　次：2022年12月第1次印刷
定　　价：50.00元

如发现印装质量问题，影响阅读，请与出版社联系调换。

乡愁是首甜蜜的歌（代序）

于柏秋

自老母亲搬到城里居住后，我已多年没回农村老家探视了，家乡的影像在我脑海中渐渐模糊起来。近日，读王剑波先生散文集《在乡愁里穿行》，让我又温了一遍旧日时光。那一幅幅"旧曾谙"的画面、一幕幕感人至深的场景，穿越时空，扑面而来。跟随剑波在乡愁里穿行，是温馨而又明丽的，是激越而又虔敬的，感悟东北汉子刚毅面孔下那份炽热的情怀，不禁由衷赞叹：乡愁是首甜蜜的歌！

"处处青山山有树，如何偏起故乡情？"故乡，是我们每个人生于斯长于斯的热土。无论贫瘠还是富足，都是我们成长的温床，那里联结着我们的精神脐带，也是每个作家表达情感和诗意抒写的重要领域。剑波的散文，以故乡的人和事为依托，将笔触深深根植于黑土地，多像家乡"天下第一粮仓"长出的庄稼，生机勃勃，茁壮，挺拔，饱满，读来有滋有味，令人唇齿生香。

剑波的乡愁里流淌着滚烫烫的情。"感人心者，莫先乎情。"写文章贵在有真情，这样才能抒发实感。在《故乡情浓》里他这样写道："这个曾经养育了我的地方，一草一木都满含我的眷恋，飘落的一阵雨滴，洒落的一地雪花，都会令我魂牵梦绕。""我的心早已飞到故乡老屯，心中不禁轻声呼唤：故乡，我来看你了。"一个游子强烈的思乡之情，扑面而来。于是便有了对故乡的探求和感知的渴望，家乡的道路、房屋、壕沟、炊烟，都成了爱好摄影的他镜头捕捉下的朦胧美。在拍摄过程中，完成了一次次对昔日故乡的回溯之旅，赤子之情得到充分宣泄和吐纳。而文末"听着父亲细数着这些变化，我的思绪飞向了远方，我的眼前，一幅现代新农村的美丽图景正在升腾"，至此，文章得到升华，境界豁然开朗。

在《夏日情结》里，"我原本是最讨厌夏季的"，看似欲扬先抑，也可能是作者的真实感受。但态度转变之后，便对"雨""热""丰富多姿""姹紫嫣红""各种口感的水果""旅游的旺季""人们活动"等有了重新认识，文中虽未见"啊""呀""哇"之惊叹，但喜爱、赞美之情蹦跳于字里行间。对于略有些恼人的"夏"，尚且如此热情奔放，而在《我的电视情结》《又回家乡》《难忘土坯炕》《难忘老冰棍儿》等"难忘"的篇章中，情感的抒发，却让我们看到了克制，甚至有些压抑，正所谓"情到浓时总无言，意到深处亦无语"。剑波在有节制的娓娓道来中，涓涓流出的"怀恋之情""喜悦之情""幸福之情"跃然纸上，而其内心想必已是酣畅淋漓了。

剑波的乡愁里流淌着火辣辣的爱。且看《西葫芦土豆汤》，文章虽短，爱意甚浓。妻子第二天满足心愿带来的突然"震撼"，令他深感"这是一顿几年来我吃得最有滋味的早餐"。这些于无声处的夫妻之爱，在《赞妻子》里得到了淋漓展示。剑波以"这深深浅浅的文字"，作为献给妻子"多少钱都买不到的最好礼物"。对夫妻之情，做了真诚坦荡的热烈表达。《和女儿一起去玩雪》《带上女儿去雪乡》，从深夜偷偷摸摸的行动，到迫不及待的随团出游，特别是掉入雪坑奋力扑腾的逗趣一幕，让我们看到了剑波置身白雪世界的童心未泯，更感受到了对女儿近乎娇惯的慈父之爱。《怀念"王大个子"》通过对文学引路人的生动刻画，将隐藏在内心深处对"师父"的怀念和爱戴，展现得一览无余，以至于"那些渐渐远去的碎片记忆，会时不时地向我袭来"。而《赏秋》《我与咸菜、酱》《小园之恋》《寻访冰凌花》《徒步的乐趣》等文章，更是将对生活、对大自然执着的爱，近乎狂野般地呈现在我们面前。

剑波的乡愁里流淌着强烈的期许与渴盼。《行在故乡》中，他那每年于繁忙之中的回乡之旅，有"青春作伴好还乡"的快意，更有"露从今夜白，月是故乡明"的自豪。"人不能忘本"，是他"藏在骨子里的话"，也是"每次回到老家，不愿立刻返程的我，都要开着爱车到当年经常去的屯落转转"的初衷。而"看到了当今农民生活的富足，也看到了党的政策之下乡村振兴的希望"，那就是他"意想不到的收获"。《醉美花园山》里，通过几次进山，"晓得我们榆树原来也是人杰地灵"，进而确信，"花园山，这一充满神奇与魅力的地方，用不了多久，会在我们榆树人的精心打造下，成为远近闻名的省级森林公园，成为一张响当当的榆树名片"。在《我依恋你的山山水水》一文中，剑波怀着无以言表的喜悦，带着我们对家乡有名的景观做了走访和游历。一幅幅亮丽的山水画卷，使其深感"值得家乡人骄傲的地方有很多"，将来或可名扬天下。此外，《齐殿云和她的榆树小乡》《聆听喜雨》《小窗看四季》《窗外》等篇章，也无不展露出对故乡发展前景的深情瞩望和美好祝福。

我随剑波生动的诉说，重游了似曾相识的昨天，也真切感受到了故乡在我们每个人的心中，那不可替代的位置和沉甸甸的分量。乡愁，虽是思乡的忧伤情怀，有种剪不断、理还乱，别有一般滋味在心头的感觉，却因情而生，因爱而生，因期盼渴望而生，侧耳倾听，又何尝不是一首甜蜜的歌呢！这歌声里有你、有他，也有我。

"一望乡关烟水隔，转觉归心生羽翼"，从剑波的乡愁中走出，我的乡愁顿生。真得选个合适的日子，回到我情牵梦绕、日新月异的故乡看一看啦！

载于 2022 年 11 月 5 日《吉林日报·东北风》周刊（略有改动）

C目录
ontents

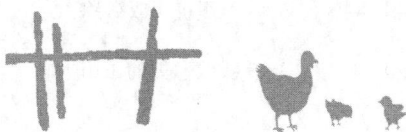

田园美味

家乡发展

四季放歌

感悟生活

文艺结缘

怀念"王大个子"

20世纪80年代初，作为一名初中生的我，对文学由喜欢发展到酷爱。从开始写简短的诗，到这几年创作报告文学，中途几经搁笔，恍然间就进入了不惑之年。回想一路的成长，不免有一些人和事难以忘怀，其中文学引路人"王大个子"给我留下的记忆最为深刻。

"王大个子"是村民送给他的美誉，因为身高超过一米八，本名叫王国田，更多的时候人们把姓都省略掉了，称他为"大个子"。"大个子"是人们背地里的称呼，当面对他还是尊敬有加，父亲叫他二叔，我管他叫二爷。他穿衣虽然简朴，但很整洁，身体微躬，脸色黝黑，经常叼着烟斗，不时现出挂上烟垢的牙齿。可能是近视很严重，经常是眯缝着眼睛看人。

我跟"王大个子"的接触，源于他的舞文弄墨，村里人视他为"老学究"，一个很懂文化的人。他看书时鼻梁上卡个眼镜，读起诗文来有板有眼。记得我去他家时，提及诗词，他把页面发黄的《毛主席诗词》找出来，《十六字令·山》《沁园春·雪》《西江月·井冈山》读得有声有色。还有一首自由诗：

"天上没有玉皇，地上没有龙王，我就是玉皇，我就是龙王，喝令三山五岳开路，我来了！"他读的声音略带嘶哑，听得我头皮发麻，又掩饰不住窃笑。老人家全然没管我的反应，继续讲诗，说这首诗在全国获得很高评价。我当时一听来了精神，对此诗刮目相看，幻想着有一天也写出这样走红的诗一鸣惊人。接下来，这本《毛主席诗词》被我借来天天啃读，后来又买回《千家诗选》和《李清照词选》，模仿着写古诗。不久，张海迪的事迹和中国女排七连冠的殊荣又极大地鼓舞了我，使我对自由诗青睐有加。由对文学的爱好逐渐走上文学创作的道路，"王大个子"是当之无愧的引路人，没有他对我的灌输，我未必对文学产生强烈兴趣。我也没给"王大个子"丢脸，这些年发表在省市各级报刊的新闻消息、通讯、特写200余篇，在《中国社会报》《吉林日报》《长春日报》《劳动新闻》《今天》《天下书香》《民情》等十几家报刊发表诗歌、散文、报告文学作品90篇，有多篇征文获奖，2019年8月正式加入吉林省作家协会。

就是这个很懂文化的人，谁能想到他还做过生产队的淘粪员，夏天戴个大草帽，嘴捂上口罩，挑起粪桶，手提粪勺，去淘各家的厕所，挣生产队公分。人们见他挑着粪桶过来，不是捂住口鼻，就是老远地绕开。他每天天没亮去各家屋里端尿盆，将尿液倒进空桶里后再把空盆放在门旁，这在现在是不可想象的，当年就是那个条件，一家几口睡在一铺炕上，大人孩子不分男女，村民习以为常。冬天里，一大早他就爬出被窝，挑出两只空筐，拿着一把铁锹，在雪地上捡牲口粪蛋，两个筐捡满后才回家吃饭。几乎是别人不愿意干的脏活他全包了，而且生活节俭，一套衣服经过换洗能穿上好几年。

"王大个子"有个独生子，屯里人都叫他大鱼，会说日语，个别愚昧落后的村民嘲笑大鱼，给他起外号叫"弯弯绕"。可这也没挡住大鱼的出息，他出了高中校门就返校教学生日语。我俩每回见面都有唠不尽的话题。大鱼继承了父亲的优点，爱看书，懂的知识多，有文化，有思想，我愿意和他交流，我们对有些事情的认识不谋而合，能理解和讨论到一起去。可惜命运的无情，结婚没过上几年幸福日子，大鱼就因病离开了人世。听到这个消息后，我深为他感到痛惜。

也有关于"王大个子"的负面传闻，多半是老辈人拿他的短处做教材来警示我们，说他从小家庭条件优越，上学时零花钱不断，天天中午吃麻花，竟把街里的一家麻花铺吃黄了。虽然这事听来不现实，里面有夸张的成分，但也从一个侧面说明他家境的富足，那个年月的麻花可是个稀罕物，贫困人家的孩子是吃不起的。还有个更猛爆料，说他亲口所言"吃黄面饼子都嫌累下巴"，无非形容他太"狂"，别人吃不到嘴的，他都不稀罕吃了，也把他的懒形容到了极致，吃好东西都嫌累。

算起来，"王大个子"离世已经20多年了。或许有人还能偶尔想起他，但知道他这些往事的人已不多了。他是小屯当年不可或缺的一张名片，是那个年代里民俗传承的一个标志。每次回老家，我都在他家老院子的位置上仔细搜寻，尽管当年的小房早已没了踪影，可我恍惚间能感到他的存在，连同那些渐渐远去的记忆碎片，也会时不时地向我袭来。

载于 2020 年第 3 期《榆树人》

中学时代，我的文学梦

当岁月的时针捻过四十几度寒暑春秋，不经意间已走进中年，回首往事，最难忘的当属我的中学时代，那些伴随着学习生活所进行的文学梦的追求，那些美好的记忆碎片，时常在我梦中萦绕，不止一次令我怦然心动。

我的中学时代是十分美好而浪漫的，这源于我对文学的痴迷追求。1981年，中国女排以七战全胜姿态获得世界冠军，当时的广播、报刊铺天盖地都是这个消息。一时间，歌颂中国女排的文学作品屡见报端，这一喜讯也极大地鼓舞了我，竟模仿《吉林青年》杂志扉页的诗歌样式，尝试着写诗，歌颂女排的拼搏精神。

到了初二，全国上下又掀起了学习张海迪的热潮，我也同样将笔端触向明星人物。同学们普遍看的刊物是《吉林青年》，里面扉页的诗歌如一缕缕清新的风，不时催开我萌动的心，激发我写作的欲望。还有一本《参花》杂志经常出现在本屯的队长家，我时而模仿里面的诗歌写一些跟农民有关的诗句。

在初二第一学期结束的那个寒假，因为一段特殊的经历，导致我的注意力分散，学习成绩直线下滑，尤其是数学、几何和外语课，简直就像鸭子听雷。这时我开始有意识地关注课外读物，灵感来了就写上几句，尤其对古体诗词产生了浓厚兴趣，买来了《毛泽东诗词》，赶上理科课听不进去的时候就研究这些诗句，即兴模仿着写，每写完一首都要向多家报刊投稿。时间一长，师生中间就传开了我不学理科专学语文的消息。对于这一变化，给予我最多关注的当属教语文的史老师，记得我写过一篇作文《青松赞》，以散文诗的笔触从头至尾都是一个韵脚下来的，获得了他的鼓励和赞同，课堂上做了宣读。到了初三，教语文的张老师经常在课堂上提问我，他在看了我整理出的一本"诗集"后，到备课室宣扬说三年一班出了个大诗人，于是校长派人索要了我所谓的"诗集"。班级的同学也开始对我刮目相看，即使外班的同学对我也是有所耳闻，这个时候我也有一些知名度的，毕竟受到了校领导的关注。那时我心中的理想目标也逐渐清晰起来，立志当一名作家或诗人，对文坛上的一些消息特别关注，哪位作家获得什么殊荣等，也随之倍感自豪，正是在这一伟大目标的鼓舞激励下，我充满信心地看书写作，痴迷于自己的文学梦和作家梦。

由于偏科严重，自知在考学上无望，于是寒假结束我便辍学在家，参加了吉林文学院、《作家》杂志联合举办的文学创作函授学习。辍学在家劳动和业余创作的日子，既充满着浪漫，也备尝农村劳动的辛酸。参加创作函授，我们同村一起报名的共 3 人，除我之外一位是叔辈兄长，另一位是邻居志强。我们每个月最大的期盼就是邮递员送到大队的《作家之路》和老师寄回的信件。在《作家之路》上，可以看到吉林文坛最新动态；在函授老师回批的作业中，得到成长和进步。在一个屯子里，我们三人因为共同的爱好，相互做伴学习，每天除了吃饭睡觉外都形影不离。我们经常聚在邻居志强家，夜晚躺在他家的火炕上，一唠就是半夜，分享着雪茄烟的浓烈味道，有着唠不尽的话题，时间长了也不可避免地招来风凉话。志强的父亲逗趣我们说："还作家呢，我看你们就在家坐着吧。"我们这种狂妄的理想和爱好，也引起村里人的嘲讽，而我将这些作为奋斗的动力。在北国春播季节，我迎着扑面而来的灰尘，在田垄间跟家族兄嫂一起踩格子的间歇也不忘掏出身上带的纸笔，记下偶尔闪烁出的诗句。对于嫂子们的玩笑话，我只有苦苦一笑，那个时候刚出校门的我还有些拘谨，不太适应粗俗的说笑。

在农村劳动不到一年，我倍感失落，于是在 1985 年的暑期开学，我鼓起勇气走进泗河二中校长室，校长被我的勇气、志气所打动，把我的情况介绍给副校长和教导主任，随后我被安排进了初三六班，做了一名旁听生。

由于是旁听生，所以没有学习压力，即使是课间操也可以不参加。老师和同学们都知道我只学语文，所以一到数学课、外语课、理化课，我就会找出课外书看，或者记日记做一些场景描述练习。那个时候的班主任张老师刚从榆树师范毕业，教语文，对我很好，关系处得也挺融洽。课堂外，我可以直接跟团委书记联系，往上能接触到校长，偶尔镇政府的教育助理、主管教育的副镇长来检查工作，如果遇上也能打个招呼，这些在同学们看来已经是莫大的荣幸。当旁听生这一年，几乎是在同学们的羡慕和校领导的力捧下度过的。这期间一首诗《白杨树下》发表在榆树文化馆的《习作辅导》上，处女作的发表给我带来无限的惊喜。

1986 年的暑期开学，我得益于初中校长的好心推荐，走进泗河一中。在高中这三年算是比较正规了，我选择了文科，课堂上能做到认真听讲，也梦想有一天走进大学的殿堂。在课堂外，还是没有丢下写作这个爱好，相继参加了两个文学社，一个是江苏省常熟市的琴声文学社，投递了几篇稿件后被吸纳为记者；另一个是内蒙古军区的育才文学社，被任命为分社社长、育才报编委。此后与文友们的文稿交流、通信一直持续到高中毕业。那个时候，只要闲下来，就会写点什么。也就是从那时起，通过交流发现了自己的不足，发现了自己文学根基的肤浅，所以买了 10 多本日记本，分门别类地记日记练笔，目的就是想通过不受拘束的强化训练达到所见能表达、所想能道出的效果。在练笔的同时，将一些感悟浓缩成诗句抑或散文稿投递，《育才报》大概发表了 5 篇。除了参加这两个文学社的活动，我还参加了吉林省作家进修学院函授提高班的学习，虽没有大作发表，但也通过寄稿及指导老师的点评提高了自己的鉴赏能力，开阔了创作视野。

读高二的时候，我还参加了社会上的一次考试，成绩是第二名，虽然没有被录用，但也为日后的成长和发展埋下了伏笔，以致在两年后，因为写作特长我被推荐到镇政府，10年后走进市政府大院。经过多年的摸爬滚打，写作上也取得很大成绩。

我中学时代6年的笔墨付出虽然算不上寒窗之苦，却是锻造和磨炼，从一定意义上说，我也算是农村里一天大学没进自学成才，靠文学和写作"一条道跑到黑"而取得小小成功的少数幸运者。

载于 2013 年第 6 期《榆树人》

"乡村土记者"的那段经历

　　1990 年的早春时节，大地上的冰雪还没有完全融化，一个喜讯悄然传进我居住 20 年的小屯，也使我的家庭感受到了足够的温暖。于是，高中毕业才半年多的我，怀着无限的喜悦与憧憬，来到榆树市泗河镇政府报到，从此开始了我长达 7 年光景的"乡村土记者"奋斗生涯。

　　在农家孩子的眼里，镇政府简直就是人间的天堂。镇政府第一个接待我的是党委宣传委员唐春，简短的寒暄后他把我引荐给时任党委书记李子新。这位刚来不久就刮起"廉政旋风"的李书记开门见山，询问了我的家庭、写作情况，而后叫来唐委员，把我安排在广播站做编辑工作，接受宣传委员和广播站站长的双重领导。

　　当时的广播站较为简陋，位于政府前栋房最西侧，从走廊进入头道门后，才算正式打开办公室的门。想到即将在这里工作了，我心里涌起莫名的激动。

　　上班不到一周，迎来了全镇人代会的召开，这是规模较大的一次会议，镇村组三级干部、镇直机关领导及本镇人大代表都来参加，整个礼堂座无虚席。党委所有成员全部在主席台前落座，作为"乡村土记者"的我，带着本子和笔择一角落座，认真记着领导讲话和会议的每个步骤。散会后整理记录，编排当日的新闻节目。在我刚进镇政府时也引来一些猜测，有的人私下打听我是谁的亲属、靠什么来的。起初，我压力还是很大的，只能靠不停地写，在短期内创出成绩得到领导的认可。同时也是出于对新工作新环境的好奇，写作劲头特别大，恨不能马上写出文章在大报刊上发表。吉兴村有个叫张永臣的劁猪匠，义务为周围群众劁猪10年不取分文，我对张永臣采访后写了篇通讯投递给《榆树简报》，时任市委办公室秘书科长的曹景荣阅后对该稿进行了修改，发表在《榆树简报》头条位置上，还加了编者按，这对我鼓舞很大。以后只要发现有新闻价值的线索我就去采访。双榆村十组徐某因偷牛在长春某监狱服刑，家里留守两个女孩，生活十分贫困。当时密切联系群众、为贫困户排忧解难在全镇蔚然成风。农历新年刚过，时任副镇长吕琦就带上党委有关人员前往长春监狱看望他，并鼓励其安心服刑。得知这件事后，我马上打电话给村书记核实情况，不顾天空飘着雪花，骑上自行车赶到9公里外的该村采访，写出通讯《人犯家不犯》寄给了《吉林法制报》并被发表。吉星村5组距离镇街道有3公里的路程，听说村民孙某家失火后当地干部群众捐物救助的事迹时，我不顾雨后的泥泞去采访，稿件发表在《长春农村报》上。粮库职工于某家失火，粮库和职工都献出爱心帮助，得知这一线索后我迅速来到她家采访，稿件发表在《合作商业报》上。我还将镇党委包保贫困户的事迹做了整理，寄给了《吉林日报》老记者孟天然，不久便以醒目标题联合署名发表在《吉林日报》报眼位置上。当时所写的稿件除了向报纸投递，都无一例外地编进本周的自办广播节目里，并报市电台一份。当时的榆树人民广播电台的覆盖率极其有限，每次节目时间大约十分钟。由于没有调频广播，我只能利用上班的时候在机房收听，或者去街道收听大喇叭。当时榆树市广播局每年年底都要搞一次听评会，每个乡镇报送参评节目，按次序播出，分为一、二、三等奖和优秀奖。市里也组织培训，记得有一次请来了《吉林日报》的单海鸥、《长春日报》的吕虹讲授如何写新闻，乡镇街和市直部门的通讯员都参加，宣传部副部长陪同，新闻科全程服务。每年召开一次全市宣传思想工作会议，被表彰的十几名通讯员中，比较知名的有几位已经到有关部门担任领导职务。受这些前辈的精神鼓舞，我干劲倍增，几乎是废寝忘食。

20 世纪 90 年代，泗河镇是全省的廉政典型，也是长春地区党委密切联系群众的一面旗帜，各方面要的材料特别多，所以我经常被党委临时借用，甚至有一段时间抄写材料的任务远重于本职的新闻报道。每逢召开大型会议，我都被叫去，除了抄写一些材料外，还要写一些不太复杂的文章。有一次写四好乡镇党委介绍经验的发言材料，党委书记请来了市委组织部的武科长，武科长大致拉出提纲，然后由我们两个抄写者"添肉"，充实完事例草就一稿后，再交给武科长"动手术"。还有一次是大型汇报，党委书记请来了市计生委的岂主任。岂主任定完总题目后，确定了分几个部分写，拟好了标题，每个标题下由我们添加事例。我们写成一稿后，她再从头至尾用红笔修改。想想那个时候虽然很累，但有乐趣，有奔头，在市里大手笔的耳濡目染下，大家一起推敲着写作，确实得到了很多磨炼，成长进步很快。

除了坐在办公室写材料、投稿，还要陪同前来的摄制组及记者、作家下乡采访。采访时间最长的一次是《春风吹又绿》摄制组，这是一支由吉林省委组织部、长春市委组织部联合组成的摄制组，主要以泗河镇党委密切联系群众和廉政为主要内容拍摄电教片。拍摄期间，榆树市委组织部、市纪委的领导多次前来，后期来的还有作家赵万捷。这些人先后来到泗河村赵家屯、韩家村前黑林子屯、二道村腰二道屯等被政府照顾的贫困户家中采访，其中最引人关注的当属作家赵万捷的采访，看似没有明确的目的性，实则自有打算在心中，每到一处对农村的风俗和方言典故颇感兴趣，跟农民亲切的交谈像唠家常。这位作家走后，发表过一篇小说，后来又写作了《河弯弯，路弯弯》电视剧，就是以这段采访的素材为蓝本，塑造了乡党委书记李志民、村党支部书记左玉明等一批党的基层干部在改革中不畏艰辛、大胆开拓、惩腐倡廉、无私奉献的群体形象。后来省里又来了艺术采风团，有作曲家杨春、词作家牛世生，他们带领采风人员到村屯体验生活，《春风吹又绿》的词曲作者就是这两位艺术家。印象最深的是电台新闻部胡国明、李春艳一行的采访，第一天采访我们每人骑辆自行车，前往韩家村前黑林子屯，采访当时党委书记李子新包保的困难户"伞杆儿"（人送绰号）。"伞杆儿"大字不识，由于我的老家离这个屯只有2里地远，所以这个屯子的人对我并不陌生，我首先把来意介绍给"伞杆儿"一家，随后胡国明进行采访。他把镇村两级政府和李书记对"伞杆儿"的照顾情况重复一遍后，"伞杆儿"毕恭毕敬，连连点头说是，感谢的话虽然不多，但看得出来还是发自内心的。可当胡国明将麦克风掏出来对着"伞杆儿"时，他立时显得不自在起来，紧张得脸上沁出了汗滴，一连说了几次，都语无伦次表达不明白，为了体现农家小院的氛围，在他即将回答问话时还安排在窗外故意哄起一群大鹅叫，哪想这使他更加紧张，竟然一抬手把麦克风推向一边说："用这玩意儿嘎哈，我说不出话。"逗得大家哭笑不得，弄得胡国明只好收起麦克风说："行了，就这样吧，很好。"第二天的行程安排是到二道村腰二道屯的困难户曹某家采访，由于路途远，政府安排了一辆吉普车。曹某双目失明，一家非常贫困，村政府除了为他家收割粮食、打玉米，还免费送他的孩子上学，筹集资金对他家的房子进行了维修。曹某非常感激，对着麦克风全然没有紧张感，说着感谢书记、感谢政府、共产党好等溢美之词。两天的采访，不仅使我零距离地体验了这些贫困家庭的生存现状，也使我深深地感受到两位职业记者深入采访敬业精神。那一年我成熟进步了很多，取得的成绩很大，采写的很多事迹相继被《吉林日报》《吉林农村报》《长春宣传》等10多家报刊采用，看着变成铅字的报道，我心里充满了激动。

"乡村土记者"经历，丰富了我的阅历，也磨炼了我的品格。是家乡广袤富饶的黑土地，滋养了我，给了我不竭的创作源泉，也使我不断进步、成熟，迈向新的起点。如今穿梭繁华都市，十几年的时光悄然而过，我时常想念起在乡镇政府工作的那段日子，想念那段虽然累但很快乐的岁月。

载于 2016 年 8 月号《天下书香》

怀念报纸墙

今天翻阅电脑，无意间浏览到去年春节回老屯时拍的几张照片，其中一张令我沉思良久，画面的土墙上糊着报纸并贴有福字和挂钱，透过粘挂的蜘蛛网和灰尘，清晰可辨泛黄纸页上印着的文字。屈指算来，这纸墙，距离现在应该有 30 多年的光景了。

我从小是看着墙上的报纸长大的，所以对报纸墙有着特殊的情感。爷爷去世早，奶奶拉扯着 7 个儿女直至分家另过。我和奶奶住着东西院，我们这些孙子辈的 20 多人更是经常去奶奶家玩耍，在奶奶家见得最多的就是糊在墙上和棚上的报纸了。报纸看得遍数多了，以至于哪些文字、哪些插图在什么角落，不用特意去看也能精准地找到位置。

农村里有很多辞旧迎新的风俗，进入腊月后，家家忙着大扫除，几乎每家都要糊墙见见新。那时候的旧报纸是个稀罕物，能够从队长和大队干部家要来报纸被视为一种荣耀，但这种途径得来的报纸极其有限，更多的报纸还得到集市上去买。选什么样的报纸也有学问，如果糊面积大的墙面和棚，首选《人民日报》《文汇报》《吉林日报》等这种对开大版的；如果面积小讲究精致，就买《吉林科技报》《长春农村报》《参考消息》等这种四开小版的；喜欢读纪实类文章的，可以选《文摘旬刊》；喜爱带颜色的，可以选套红印刷的《红色社员报》。起初，家里糊报纸时，我充当着配角，挪桌子、抹糨子、递报纸、送笤帚。随着年龄大了一些，加之糊墙积累了一定经验，父母干脆甩手，我当主角。我糊墙挑剔，却兴致很高，注意边角对齐，色彩浓淡一致，报纸抹好糨子后，看准方位两手捏着两角，先将中心部位用手按到墙壁，然后笤帚尖部一扫，其他的四个角也都糊得严实无缝。糊报纸最忌讳返工，抹好糨子的报纸再揭下来容易使纸张破损，一不小心极有可能使纸张打斜，或者出现褶皱，看起来很不顺眼。为了所有的地方都能糊到不留死角，还得练就上高的本领，在炕上糊棚时站凳子，糊地面棚有时站到结实的木柜上，离开木柜够不到的地方只能借助高一点的课桌和写字台了。

每天闲来无事，阅读墙上的报纸成为一种习惯，也是一种乐趣。最有意思的，就是躺在被窝里找报纸上的字词和图了。那时一家六口躺在一铺炕上，借助微弱的电灯光，我们兄妹四人经常玩找字游戏，后来觉得白玩没意思，于是就利用找字赢糖球，因为我是老大，先从我这轮流坐庄，说出棚顶的某几个字或图，其他人找，谁先找到，就由坐庄者发给他两个糖球，其他人发一个糖球，规定时间内谁都没找到，庄家公布答案后收取每人一个糖球。年龄最小的妹妹觉得不合理，又改变规则从她开始轮庄。有一次小妹找到的次数最少而输的糖球最多，爸爸就动了恻隐之心，充当了抢答的角色帮小妹找答案，惹得大家都责怪父亲偏心眼儿，坐庄的弟弟也大声吵吵着说："不算，不算。"最后妈妈充当了调停的角色。

我上高中时，糊墙的报纸逐渐被学生的寒假作业本和书本取代，后来流行不同纸纹和各样的窝纸，再后来棚和墙也不用糊了，上了花塑料布。到了2000年前后，屯里许多人家都盖起了新房，扣板做棚，墙刮大白，有的批灰，报纸棚墙成了特定时代的符号。

这几年每次春节回家，即使躺在宽敞、明亮的屋子里，我依然觉得空荡荡的，感觉缺少了节日气氛。我喜欢到后院老房子的废墟里去瞧看，因为在那里能够找到过去生活的痕迹，我怀念小时候过年，更怀念那个时代用旧报纸糊的棚和墙。

载于 2016 年 3 月 11 日《中国社会报》副刊

我与电影的那些事儿

我是在农村里长大的，十几岁时，深感农村文化生活单一。我居住的那个屯就队长家有几份报纸，有收音机的农户寥寥无几，更别提看电视了。人们主要的文化生活除了农闲时看二人转，就是观看露天电影。

我是个电影迷，只要听到十里八村哪里放映电影，都会争抢着去看。轮到本屯放映电影时，都会和热心的村民一起早早来到生产队，帮着插铁钎、竖杆子、抻幕布。天刚擦黑，十里八村的村民便潮水般涌来，不大工夫，宽敞的院落就挤满了人。电影放映前，人们乱嗡嗡地说话，小伙伴们更是在人堆里乱窜，直到银幕上闪出人影，现场才安静下来。个子矮的踮着脚或挤到前排，甚至前几排都得坐下，后边的人才能看到。

我家住在大道边上，院墙外经常响起"扑通扑通"的脚步声，人群夹带着小跑，走一会儿，跑一阵儿，有的人带上手电筒，不时将光线打在路面上。记得一次消息有误，十几个人跑了3公里路远竟扑了空，又追出三四公里路才看到电影，往返奔袭的路程达10多公里。去宝山屯看电影那次，电影演到一半就哗哗下起了大雨，大家只好顶着雨返回，在泥水中跋涉，手牵着手，生怕把谁丢下。回到家时，浑身早被浇湿，鞋壳里也灌满了泥水，样子甚是狼狈。

我对电影，太过痴迷。一次看电影回来晚了没温习功课，晚上睡觉做梦全是电影里的镜头，第二天上课时迷迷糊糊，老师一问三不知，不但受到了批评，回家还挨了父亲一顿打。从那以后，父亲给我约法三章：不许看本村以外的电影、不许睡觉太晚、不许因为看电影耽误功课，还责令我写了保证书。尽管如此，还是没能斩断我看电影的兴趣。为了能看上电影，我都是早早写完了作业，第二天上学还佯作精精神神的样子。有几次偷偷和同伴去外村看电影，回来时蹑手蹑脚摸黑上炕，连灯都不敢开，想想这些，觉得父亲当年对我还是很宽容的。

时过境迁，沧海桑田，看露天电影虽然已经成为记忆深处一段往事，但每次回味起那些难以忘怀的情景，还是觉得那么鲜活而有趣。

2016年《长春日报》"我和电影的情缘"征文大赛三等奖

我的电视情结

按照家人的说法，快过年了，家里要见见新。于是赶在年前，家里添置了一台42英寸液晶海信电视，原来的长虹牌"大屁股"电视"下岗"了。眼望着电视新老交替，不舍之情油然而生，也勾起了我埋藏在心底多年的电视情结。

遥想20世纪80年代初，农村的精神文化生活还相当匮乏，在我们居住的那个村，能买得起电视的人家寥寥无几，人们接触较多的只有报刊和广播。而我所居住的那个偏僻小屯，也没有能够买得起电视的人家，每天放学后的闲暇时间，除了读一些报刊，收音机是我主要的精神寄托，黑龙江电台的"听众约播"是我的最爱。

印象中第一次看到电视是在1983年冬季，电视连续剧《射雕英雄传》正风靡热播。我和屯里的几个喜爱看电视的伙伴不惜跑到1里多地的前屯老由家去看电视，每晚8点开演，7点半屋里就差不多挤满了人，看的是14英寸小黑白，去得早的本屯子的人坐在炕上的"雅座"，我们外屯子来的只能站屋地中间，个子矮的还得挤到前排才能看清屏幕，每次前去都是一点儿不落地看完才回家。那时候依仗看电视的人多，大家都一样厚着脸皮直到播放完，现在想来，作为户主，看到这么多南北二屯的人来家里挤着看电视，一天天的，说不定心里也会烦的！

那年的春节联欢晚会是央视首届春晚，我们也是在前屯看的，印象中赵忠祥致开幕词，侯宝林讲话，李谷一、郑绪岚、胡松华都上台演唱了歌曲，姜昆、马季、刘晓庆不但主持晚会，还频频露脸表演节目。

到了 1984 年的春节前，前屯有电视的人家又多了两户，其中一户是大队刘副书记家，他家虽然住在前屯，但户口是我们屯的，因为这一层关系，去他家看电视还是觉得比较自然的。那个春节前后，在这位书记家，整整把 30 集电视连续剧《万水千山总是情》全部看完。

除夕的晚上，我们也是在刘副书记家看的春晚，这一年的春晚印象尤为深刻，黄一鹤仍然任总导演，主持人除姜昆外，还有赵忠祥、黄阿原、姜黎黎、殷秀梅、朱明瑛、于淑珍、奚秀兰等一批备受听众喜爱的明星走上舞台。袁阔成、宋世雄也是首次亮相荧屏，并在日后受到广大听众的喜爱。

我还有一次夏季到外屯看电视的经历。那是 1985 年的夏季，电视连续剧《霍元甲》正在热播，当时武打功夫片备受青睐，我们屯的几个平时爱舞弄拳脚的伙伴经不住诱惑，便厚着脸皮跑到离家 2 里路远的东岗小二队去观看，剧中霍元甲因毒药发作倒在擂台上和徒弟陈真死于乱枪下的悲惨命运，不禁令我们慨叹和疑惑，堂堂的一代宗师霍元甲和武艺高强的陈真竟也躲不过敌手的迫害。

转眼到这年年底，本屯已有几户人家买了电视，这回我们看电视可以足不出屯了。堂兄家新买一台 17 英寸黑白电视，关系很近的屯里人晚饭后都去他家"报到"。屋子里虽然人不是很多，但炕上地下也没有空着的地方，一屋子的人嗑着瓜子边看边说笑，其乐融融，后来很多年，再也不曾赶上当年的那番情景了。

到别人家看电视的状况，即使到了 1992 年正月我结婚时也没有得到改变，婚后一个月我们小家搬到离镇上 2 里路远的温家屯暂住，夜晚闲着没事时我们夫妻俩就到邻居的二姑家串门。二姑家看的是小黑白电视，我们陪着二姑边看边唠，连续看完了 42 集电视剧《青青河边草》，知道了小金铭，还有重播的 20 集武打连续剧《四大名捕》，深深地为剧中冷血、追命、铁手、无情等人物的命运担忧。

1993 年春节前，我们总算有了自己的小电视，那是亲属家买了彩电替换下来的 14 英寸小黑白，就这样这台小黑白陪伴我们度过了 5 年时光，直到 1996 年春节前夕，我们才一狠心换了台康佳"彩霸"，这是我们第一次过年时看自己的彩电。后来又几经辗转，这台康佳于 2007 年"退役"，新换的电视是长虹牌 21 英寸彩电，看了 6 年，有一天电视机旁冒出一股黑烟儿，屏幕呼啦一下没影了。在妻子的主张下，这次我们搬回了一台液晶海信电视，欣喜之余也不免生出几分纠结，那就是对老长虹的处理上，一家三口存在截然不同的分歧。我有着深厚的怀旧情结，家里替换下来的每件物品都舍不得扔弃，因为一台电视伴随的是一段人生岁月，后面都隐藏着一段故事。我的初衷是给在乡下居住的父亲搬去，好歹也比他们看的旧电视强，这台长虹除了不是液晶的，其他方面都还不错，修好了还能看。妻子的想法是找个回收旧物的地方卖掉，也知道这种被淘汰电视就值个五六十块钱，卖100元都没人要。女儿不赞成我送往乡下的做法，理由是乡下谁还要这电视？连她爷家都换液晶的了。我想到了捐给乡下的贫困户，这娘俩没等我说完理由就打断话茬："快拉倒吧，即使有人要，来回打车搬运的钱也能买台旧电视了。"后来我不得不忍痛割爱叫来了旧品收购，连同破电视柜卖个大价100元，用旧物收购者的话说，这样的旧电视在城里没人要，乡下的很多人家也不买，只能卖给来城里陪读的。

回想当年我们东跑西颠去外屯看电视的经历，可见这些年来农村发生的翻天覆地变化，想到这些，我起初的纠结、惆怅的情绪一扫而光，心中涌起的是自豪、满足和莫大的快慰！

载于 2015 年第 4 期《春风文艺》

贴春联

随着春节的临近，年味越来越浓，而在我的记忆中对春节印象最深的，当属小时候家家户户除夕贴春联的情景。

那时候我们屯里几乎没人买春联，都是求有文化的人给写。屯里的一号字匠王国田，因为粗通文墨，毛笔字写得好，自然成为过年写春联的忙人。除夕上午，求写春联的人更是挤满了屋。来的人一般都带来几张大红纸，按照他的吩咐裁好纸样，每家或大或小都至少写两副春联。刚写好的春联墨迹还没等晾干，就被主人乐颠颠地提着跑回家忙着粘贴了。

屯里的二号字匠当属我的伯父，别看他耳朵有点背，可他擅长画画，还写得一手苍劲的毛笔字。除夕这天，他家早已挤满了周围邻居。只见他两腿蹲在炕桌旁，身披着黑棉袄，聚精会神地为乡亲写春联。后来伯父因为痨病去世，续写春联的重任又落到了三号字匠——我的四伯父身上。四伯父早年在榆树师范毕业，当过村小教导主任、镇办三中语文教师。他毛笔字的风格比较板正，横是横、竖是竖，缺少了一些灵性，但除夕上午来他家求写春联的人亦不在少数。趁着四伯父歇息，我也会提起毛笔斗胆写几个字，但写出来的字跟几位字匠比起来相差甚远，自己都看不入眼。

那年月，家家拿春联很当回事，忙碌了一年，都借助春联对过去一年有个盘点或对新的一年抒发美好愿望。春联写得面面俱到，大门对、封门对、屋里门对，有马车的贴上"车行千里路，人马保平安"，有井的贴上"井泉龙王"，有鸡舍的贴上"金鸡满架"，有粮仓的贴上"五谷丰登"，有猪舍的贴上"肥猪满圈"，厨房里贴"勤俭持家"，屋子里贴"抬头见喜""年年有余""招财进宝"。除了春联，屋里和窗外还要贴上一些挂钱、福字，增添年节气氛。有的人家还新糊了墙、吊了棚，墙面、棚上糊上一层报纸或假期作业，丰富的版面内容往往令家人乃至来的客人看得目不转睛。

贴春联时更是一番忙碌的景象，很多人家都是赶在除夕上午干这些活儿，厨房里女性炒菜做饭，男性忙于清扫院落和贴春联，春联拿回后抹上糨糊赶紧出去贴，有时动作慢了天气冷，春联没等贴规整就结冻了，只得揭下来回屋抹上糨糊再重贴，有时弄得手上和鼻子上红一道儿、黑一道儿，手指和掌心挂满结固的糨糊，样子甚是狼狈。

直到我结婚后小家搬到了镇上，才告别了每逢过年忙忙碌碌贴春联的情景，后来又搬到市里居住，年前都正式买一次春联，从熙熙攘攘的春联市场感受着年味。尽管时光流逝，可我心中的这份春联情结一直没有疏淡，而更像一壶陈年老酒，愈加挥发出沁人的浓香。

载于 2015 年第 2 期《民情》杂志"民政版"

再闻书香

一本迟子健的散文集，一个简易的凳子，从爱车的后备箱中取出，随我在黄昏的小树林里落脚。我喜欢这样的环境，更喜欢在这样的环境下看书。

久违的书香，勾起很多往事。其实，我是很爱看书的，从初中到现在30多年的光景，一直没有间断过，只是看的类别不同而已。

读初二那年，我喜爱上文学，从古诗词起步，抱着《毛主席诗词》啃读，并模仿里面的格律写古体诗。后来买回《千家诗选》《李清照词选》，刻意地背诵。又接触到自由诗，《雪莱抒情诗选》《朦胧诗选》成了我模仿写自由诗的范本。初三下半年，辍学在家，报名参加了吉林文学院、《作家》杂志社的函授学习，教材《作家之路》每期必看，几个文友还订阅了《十月》《当代》《收获》《萌芽》《人民文学》《小说选刊》《小小说选刊》等期刊，也看一些流行杂志，如省内的《吉林青年》《时代姐妹》《参花》。

我喜欢在清静的角落里看书，家中的后菜园便成了读书点。菜园的一角有个柴草垛，这里没有阳光照晒，也没有人打扰，每到闲暇之时，我便搬块石头，带上书，到这里捧读。正是这段时期，看了《水浒传》《三国演义》《红楼梦》等名著。

参加工作后，我主要看与业务相关的书籍，其次是根据兴趣杂读。我极少看小说，认为小说是虚构的，游离现实生活，觉得看小说耽误时间，因此去书店买书，侧重名人传记，选纪实性的书籍多一些。

进入21世纪，随着电脑的普及，纸质书刊渐受冷落，网络阅读覆盖视野，所以极少花钱买书了。特别是智能手机、微信的出现，电子阅读备受青睐，各类公众号铺天盖地，海量资讯目不暇接。更为先进的是，利用手机软件可同步收听广播电视节目，也能听小说。

有时，也想静下心来读点书，可没有耐性，内容长了看不下去，有的作品看过几页就犯困，乃至每天送来的报纸懒得去翻，想看的副刊，用手机或电脑就可以搜到电子版。

归根结底，是碎片化阅读占据了大量时间，完全是凭兴趣阅读。去年参加长春电影节征文获得了500元的赠书，我如获至宝，认真挑选了十几本书籍，意在通过这些书，刺激阅读的兴趣，获得一些滋养，弥补阅读少的短板。

这些书籍，有一半放在车上，一有闲暇，便找个清凉的地方，坐下来静静地品读。值得庆幸，我又迷上了纸质书，找回了当年的感觉，闻到了久违的书香。

载于 2019 年第 6 期《榆树人》

读报随想

一年一度的报刊征订工作已经开始。尽管手头拮据，可我还是不惜一月的薪水，自费订阅一些报刊。因为阅报读刊，不仅可以休闲娱乐，丰富生活，还可以开阔视野，提高写作能力。

说起来，我算是老报迷，痴迷到一天也离不开的程度。每次出门在外，总要到书摊上买一些书刊，旅途中便不再寂寞。参加工作后，由于职业关系，又与报刊结下缘分，工作之外，接下了《视听导报》的征订与投递任务。同来的报刊有四五种，每期一到，我都先睹为快，好的内容便留下来剪贴。后来停止了自办发行，邮局便成了我的常去之处，常年蹲屋守点。特别是《榆树报》创刊后，不管工作如何忙，每周三周五都要早早去邮局，在那里等候一早发下来的头一天的报纸。当时看报的兴致不亚于吃一顿丰盛的晚餐。

由于对报刊的痴迷，有时不免招来妻子的妒意。读书常常熬夜，妻子一边关心和催促我早些休息，一边不解地问："书里就那么有意思吗？"我没有言语，心想，有一天妻子会明白的。后来我发现，妻子也不自觉地看起了书，有时还爱不释手，潜移默化中已被我拉下了"水"。我还养成一个不良习惯，无论到哪个单位，一遇到报刊，都免不了要看，别人认为没用的，我就顺手拿着，回来仔细阅读。

现在，阅读报刊，已经成为我们全家生活中不可缺少的一部分，是我们每日必备的精神食粮。

载于 1998 年 12 月 3 日《榆树报》副刊头条

我的朗诵缘

在 52 岁生日这天，我成功举办了一期讲座。事后很多人反馈很受感动，感慨我们父女俩的经历，得到有益的启示，纷纷索要女儿讲话视频，竟有人还说我讲话幽默，着实让我有些意外。

说心里话，我在讲话方面是一直没有自信的，充其量能够表达清楚意思，如果上台朗诵、主持无异于赶鸭子上架。然而世上的事就是这么离奇，18 年前，我从乡镇调到市民政局的第四年，竟破天荒主持了一场全系统的元旦联欢会。那时，很多机关单位在元旦期间都要庆祝一番，干部职工联欢无疑成了最热衷的载体。当时的局长把任务交给了副局长，副局长推给我策划。虽然我已从局机关派到基层单位做副职领导，但和上上下下都很熟悉，便以局里的名义让各个基层单位排练至少两个节目，同时我所在的单位在我主张下加紧排练，其中节目之一便是 4 人合唱《20 年后再相会》，也是联欢会的压轴节目。联欢会缺少主持人，副局长果断让我上，并为我配了一位美女搭档。仓促上阵，我临阵磨枪，临时草写主持词，把节目单上的内容串起来，然后把女主持说的话交给对方。联欢现场，我发挥自如，本单位的 4 人合唱获得了非常好的反响。第二年，我们单位也召开了一次元旦联欢会，节目策划、主持稿，都出自我之手，演出那天，还特意邀请了主管我们单位的副局长和几位科长。这些事情虽然过去了十四五年，但每每想起，都是美好的回忆。

其实，我多少还是有一些表达基础的，追溯起来，还有一段相当的历史。我在幼年时期，说话交流存在一定障碍。小时候老姨来我家，由于眼生就往没人的地方躲。后来我把不打招呼的原因归结为家教无方。如果我的父母也能像有的父母那样和颜悦色，引导孩子说话，给孩子自信，我至少就不是后来的样子。家里没有一点儿和谐的气氛，兄妹之间互相起外号，哥呀姐呀的从来不叫，直到对方结婚后才慢慢改口。我的表达欠缺主要反映在说话声弱和吐字不清上，所以暗下决心改正。黑龙江广播电台有个播音员方梁，我最欣赏他的播音。13岁左右的时候，我只身来到哈尔滨，来到电台大楼，这里戒备森严，找人需要事先通话。在接待处，我打电话给方梁，对方问明我来的目的后对我说，听你的口齿没什么毛病，坚持练一练朗诵和绕口令就可以了。从那以后，我天天早上跑步到没人的空旷原野和玉米地边，拿出刊物读，朗诵毛主席诗词，练习绕口令，每天雷打不动，甚至学起了一位演讲家当年的样子，口含石头子，练习舌头的灵敏度。后来在报纸上看到一则纠正吐字不清的广告，像发现新大陆一样去了长春，来拜访长春新声语言康复中心姚主任。因为下班了没见到人，也是通了电话，说明来意后，对方恳切地对我说，你的情况不用手术，按照磁带跟着练就行。结果，人没见着，抱回了一本磁带和一个小薄本，里面有详细的吐字方法，也有一些绕口令。回来后有了营生，天天练，日日学，总算气息有了改变，口齿也流利了一些。

参加工作到镇广播站，我也没丢掉练习，尝试朗诵稿件和播报新闻，无奈音质缺陷，很难客串播音。那几年，市广播局每年都举办听评会，每个乡镇都要准备10分钟的新闻或者专题节目，有的编辑声音好到直接替代了女播音员，我只有羡慕的份。

我在朗诵播音方面的遗憾，在孩子身上得到了弥补。我帮她从小树立了做优秀主持人的理想，熏陶她，也有意锻炼她，模拟主持，引导孩子说话，激发她的表现欲，让她参加演讲比赛，送她去小百灵艺术学校学主持，到育英口才班学语言，陪她参加各类大赛，终于，孩子在小学四年级就当上大队部副大队长兼红领巾广播站站长，初中时竞选班级团委书记和学生会副主席，演说无疑帮了大忙。到大学后，她如鱼得水，演讲屡屡获得名次，参加工作后，更是有了用武之地。

这几年，榆树作协每年都举办年会，燕窝书馆也举办活动，需要理事会出节目时，朗诵首当其冲。就这样，我搁置多年的朗诵又捡了起来。一起合作的，不乏本市朗诵名家，大家在一起切磋，使我有了质的提高。我还加入了市朗诵艺术协会。

想想这些年的经历，朗诵缘还很深，懂得个一招半式，也勉强能应付一些场面。欣慰之余，应该感谢那些给予过我鼓励的人！

写于 2020 年 1 月 5 日

我与摄影的不解之缘

今年九月末，在省摄影家协会公示的新会员名单里，我意外发现了自己的名字。这是十天前加入长春摄影家协会后，又一次迎来的惊喜。双喜临门，是我 12 年摄影追求获得的回报，对我今后摄影创作也是极大的鼓励。

在我幼年的世界里，对摄影只能仰望。我们村上的李家油坊屯有个唐姓照相师父，在镇街道开个照相馆，在我们伙伴的眼里，他就是大摄影师，如果不是特殊需要去拍照，他是永远高高在上使人无法靠近。好在高中毕业前夕，我和几个要好同学终于奢侈了一把，在校园外的空地上请人拍照，留下了最美好的记忆。

后来参加工作，偶尔会在活动中留下合影，以后在参加学习、出外旅游等一些场合也不忘留下珍贵的照片。而对我触动最多的则是 2004 年带领女儿参加各种活动的那段时间。当时我的工作已由乡镇调到市里，但家没有从农村搬到市区，来市区参加辅导的女儿住在我的办公室。去小百灵舞蹈学校学舞蹈时，看到别的家长带着照相机和摄像机为孩子拍摄，特别羡慕。当时就想，如果自己也有部相机该多好啊，也可以给孩子的活动留下纪念镜头。此后孩子转到实验小学加入校军乐队，参加艺术新人选拔大赛，去哈尔滨参加中日韩艺术大赛，我都为没有相机而深感遗憾。

2008年的一天，浏览榆树信息港时突然发现了"榆树博客"这个版块，而后又进入"榆树论坛"网页，里面不仅有网友写的文章，更有一些本地的风景图片，这些都深深地吸引了我，从此对摄影产生了强烈的兴趣。当时手机的拍照功能还不先进，像素很低，尽管拍出的图片很模糊，可我还是乐此不疲地拍。半年以后，我入手一部佳能牌卡片相机，我几乎是机不离身，走到哪儿拍到哪儿，然后经过筛选发布到论坛上。那年年底，我有幸参加了榆树信息港组织的五棵树江边踏雪采风活动，论坛网友第一次见面，零距离和各位大师学习，使我获益匪浅。拍摄的图片经过软件处理，清晰的程度和单反照片区别不大，我自然是沾沾自喜。

此后我进入疯狂的摄影状态，国庆前夕，我几乎是徒步全城，拍了很多机关单位的红旗彩旗；榆树撤县设市20周年庆祝现场，我拍摄了很多视频实况；健康日公园各个队伍的演出，我既拍照片又录视频，所有的拍摄作品经过制作发布到空间、论坛，特别具有成就感。那段时间，我的网络头像也更换成飘动的五星红旗，签名更是具有正能量："倾情打造网络文化，劲歌唱响魅力榆树"。每次雨后，每场雪的到来，都能激发出我的灵感，带着卡片相机去拍照，小小相机，给我带来了无穷乐趣，给我的生活带来了太多的美好。2009年，我注册了南方

"九月论坛"，成了一段时间的摄影版主。

2010年8月"榆树生活网"创立，我转到这里发帖，尽管是新闻版块版主，但摄影作品仍然占据我发的大部分帖子。2010年10月，一场秋雪从天而降，办公楼下的棚户区清晰可见雪花飘舞，我立刻举起相机拍摄下珍贵的照片，这张照片刊登在12日的《新文化报》头版头条，还得了200元钱的稿费。2012年秋季，我终于入手单反相机，佳能600D成为心爱的拍照利器。早晨去公园锻炼，好友们成为我拍照的模特；杏花开了，第一时间进入摄影镜头。大场景、微距、人像，无所不拍，放到QQ空间和网上更是获得了无数网友的欣赏。摄影，几乎占据了我所有的业余时间，用痴迷来形容一点儿也不为过。

摄影，最能激发人的忘我精神。2013年，我凌晨两点起床，带着相机走了两小时赶到霸湖拍日出，拍完后又去王豹岛拍荷花，返回的路上更是醉心于摄影，到家时已是中午12点，累得几近虚脱。摄影回来后的修片往往更费精力，几百张图片一一遴选、剪裁、调整曝光、改尺寸、往论坛发布，经常一坐就是几个小时，忘记吃饭、影响睡觉是常有的事，甚至因为修图片，破天荒打了女儿两巴掌。那时女儿正读高中，晚上因为我修图片竟然忘记了去接她，女儿回来后急眼了，要把电脑从四楼扔下去，那里面的照片可是我辛苦拍摄的成果啊！情急之下，我打了她，这事女儿记恨了我很多年，大学以后还提起两三次。

有了摄影，再远的旅途也不觉得累。2012年3月去上海学习，和同事顺便游览了杭州，记得那天下着小雨，一路打着雨伞，我仍然不停地拍。第二年送孩子上学，我故地重游，为了弥补没有拍到断桥的遗憾，这次我不顾大雨滂沱，一手打着伞，一手端着相机，绕到断桥的对面，拍到了很多张游客在断桥上打伞停留的画面，拍完后，裤子湿透，鞋子里早已灌满了水。而后游览黄山，尽管身体感冒咳嗽，还是放不下拍照，走一会儿，停一会儿，拍完后再去追团，累得气喘吁吁。

相机在手，身在哪里都不觉得孤单。我喜欢独自游走，身上带的唯有手机和相机。在北外环苗圃，我信步林荫甬路，仰望绿树长天，每片景色都进入镜头，迷人的枫叶，婀娜的树枝，斑驳的树影，路旁菜地里的红辣椒、番茄蛋、豆角花，都能吸引我忘情地拍。有一年拍雾凇，我驾驶车辆独自来到李合太平岭，在没膝深的雪地里跋涉，尽管鞋里灌进雪，也没有阻挡我摄影的激情。在一处小山包，我上下辗转拍了两个小时，最后躺在雪地上朝天大喊，那是一次最彻底的释放。

摄影，极大地充实了我的精神生活。曾经一段时间，因为镜头受损，严重影响了佳能相机的成像质量。为了弥补这一不足，我更换了一部拍照较好的手机，当时是手机中的顶配，我又添加了自拍杆和微距、鱼眼、宽画幅小镜头。从此，我又恢复了摄影生活，积极参加摄影活动，热心于旅游采风。特别是女儿把她过去使用的奥林巴斯微单给我寄回来以后，我随时放在车里，哪里有活动，只要感兴趣，就会以飞快的速度到达。摄影需要一定时间，修图片更花费精力，遴选图片的过程是二次欣赏。

摄影，对于我的写作也给予很大帮助。我每到一个地方采风，都要拍摄大量图片，这些图片反映了行动的轨迹。在写《呼兰河畔读萧红》时，由于房屋较多，每个房屋的场景记载得不是很详细，我就借助图片展开描述，文章里的许多细节，如果没有这些图片，无论如何也是填不满的。写《齐殿云和她的榆树小乡》时，小乡展览馆是最直接的取材，我用相机把所有展板都拍了回来，写作的过程，也是图片再欣赏的过程，里面的文字介绍非常翔实，对我文章的成稿起到了绝对的帮助，这篇文章获得了榆树市"我和我的祖国"征文比赛优秀奖。

摄影是我生活的一部分，以至于选择手机都是以拍照功能是否强大作为要件首选，单反相机不是留在单位便是放在车里，以备随时派上用场。纵然经过了十多年的沉淀，经过了"热趣"，也有过"冷遇"，摄影依然没有走出我的生活，而且成为我生命里不可或缺的重要支撑。

写于 2022 年 10 月 3 日

故土情深

故乡情浓

人的一生中会伴有很多难忘的情结，而故乡情结则是在我生命里镌刻最深的情愫。我的故乡——吉林省榆树市，在地图上很难找到她的名字，可这个曾经养育了我的地方，一草一木都满含我的眷恋，飘落的一阵雨滴，洒落的一地雪花，都会令我魂牵梦绕。

今年春节，我如愿以偿带上读大学归来的女儿，一同踏上了百里之外故乡的路。黑色轿车在公路上风驰电掣般行驶，望着窗外白雪茫茫的原野，我的心早已飞到故乡老屯，心中不禁轻声呼唤：故乡，我来看你了。

经过一个多小时的奔波，车辆于午后在父亲的家门前停下，等候的家人们推门而出，七手八脚把带来的东西搬进屋，你一言他一语地嘘寒问暖。这样的场景尽管年复一年演变成一种公式，可这份浓浓的亲情，却足以温暖和感动我们终生。

我这次回来做的最惬意的事，是大年初二清晨起来拍照。尽管这里的每寸土地，在外人看来都很普通，而在我的镜头里，却是那么的亲切而陌生，说亲切，是这里的每一条道路，很多座房屋，都能勾起我年少时的回忆；说陌生，小屯的变化很大，有几户房屋已经更换了主人，物是人非。

我沿着父亲家门前的路走向东壕沟，这里早已被厚厚的积雪覆盖。在我读小学的某日，连续几小时的强降雨后，沟里河水暴涨，沟东岸的学生放学回来被拦在了西岸，眼望着湍急的河水不敢近前，只好等到天气擦黑时大水撤去由大人接回家。更有勇敢的村民，发现了沟里从上游冲下来的圆木柁，奋不顾身跃入水中，游出老远费力地将木柁拖上岸。

天渐渐放亮，家家户户升起了炊烟，树木掩映下的村庄显出朦胧的意境美。远处的几个柴草垛进入我的视线，草垛近旁当年是绵延百米的壕沟，距离生产队西南方向，由于地处两屯的交界，树木丛生，所以成了玩伴们以生产队为据点展开"藏猫"的最佳隐匿之地。此时的几个普通柴草垛，在我的脑海里、在我的眼前早已幻化成当年与伙伴们一起尽情玩耍、奋勇厮杀的场面。我沿着屯中的每条路穿行在零下30多摄氏度的严寒里，细数着每家每户的变化，时而按动相机快门，时而倚在墙头凝神观望，每家每户每个人当年生活的情景历历在目。20多年的光景，整整催生了一代人，当年叱咤屯中的几位老人已经作古，曾经英勇的父辈已步履蹒跚，几岁大刚会跑的孩子们也都长大成人。

天有不测风云，小屯白天还是暖阳高照，一派温馨的过年景象，到了晚上天气骤然变冷，半夜开始风雪交加，多年不见的"大烟炮"一直刮到次日上午，老屯通往镇上的路面有多处积雪封道，阻住了过往车辆。为了接应从榆树乘车赶回的妻子，我和女儿裹得严严实实地走出院门，一路上遇到了现任组长和村会计的小学时的两个同学，他们都扛着大簸箕锹去几里路外的村口接应从榆树赶来的亲人。半路上我还看到一对小夫妻驾驶一台四轮车正在来回奋力地拓宽雪道。更令我惊诧的，还看到了一位远在长春的教授老乡同样怀抱大簸箕锹迎候被雪堆截住的弟弟。而在我接到妻子回返的路上，又看到五六个各自带着簸箕锹等工具的老乡，去几里路外的村口解车辆被困之围。这些难忘的镜头，一直珍藏在我的记忆里，我也始终被这种血浓于水的亲情感染着，风雪再大，挡不住回家的路；路再难走，阻不断亲情的回归！

　　这次回来，我感触最深的是故乡的变化。每当坐上饭桌，捏起小酒壶，父亲便滔滔不绝地打开话匣子。他告诉我，今年家里的年货预备得最齐，光鞭炮就花了800多元，养了几百只貉子，家里小卖店生意也不错，屯里人出外打工都有钱了，很少有赊账的，过去那种过年要账生气的日子一去不复返了。妹妹和弟弟的日子也蒸蒸日上，妹妹在父亲影响下也养了200多只貉子，去年盖起了大砖瓦房；弟弟在哈尔滨搞水暖，把一家三口都带去了，还住进了新买的楼房。家族几个兄弟的变化也很大。虽然受过去农村特有的家庭条件影响文化水平都不高，但他们能吃苦，都自学了一门手艺，在外面打工靠技术吃饭，每月都能收入七八千元，有的在市里落了户，有的在家里盖上了现代化新房，子女都进入了大学深造，整个家庭人员素质和结构都发生了明显变化，已经看不出明显的城乡差别，分不出高低贵贱，所有这些都是我所乐于看到的。

感触最深的还有交通工具和屯风屯貌。在父亲家的门墙上，贴有几个车辆司机留下的电话号，父亲告诉我，现在小屯去榆树有当天往返的大客，去镇上有跑线车辆，打个电话随叫随到。屯里通往镇上的路是水泥铺就的，屯子里的三条土路几年前也铺修成了砖路，宽阔洁净、晴雨通车。小屯里绝大多数人家盖起了砖瓦结构房屋，很多家庭用上了暖气，现代家用电器已经普及。屯里偷鸡摸狗的风气早就不见了，动点输赢看小牌、打麻将的人越来越少，人们把更多的时间用在了琢磨挣钱发展经济上，傍晚闲暇时间就去扭秧歌或跳广场舞。

听着父亲细数的这些变化，我的思绪飞向了远方，我的眼前，一幅幅现代化新农村的美丽图景正在升腾。

载于 2015 年 4 月 1 日《中国社会报》"民政文化"

行在故乡

每个人都有自己的眷恋，而我最眷恋的当属故乡，虽然我们相处称不上火热，但她令我魂牵梦绕，情结很深。一年里，至少有几个重要的时间是必去的，春节前后、清明、端午、中秋，尽管工作很忙，但我都尽可能挤出时间多去几次。

一

人不能忘本，这是我藏在骨子里的话。过了农历腊月十五，小城里的人便陆续回乡祭祖了。我一般都赶在腊月二十之前，怎么忙都必须回去一次。我祖上的墓地，处在遍地已被开垦、为数不多的荒甸之上，中年早逝的母亲，也安葬在离老家不远的"小西沟"。

东北的冬天是寒冷的，到处白茫茫一片。祖上的墓地，前不着村后不着店，村民们把附近的地块统称作"翻身道"。十几年的时间，我都是先到老家，然后步行到"小西沟"，再穿越地块去"翻身道"。赶上雪大的年份，鞋踩下去会陷进很深，沟坎里的积雪有时没膝，行走几步就要脱鞋倒出里面的雪。后来我改变路线，选择在柏油公路下车，先到"翻身道"，然后折回老家再去"小西沟"。即使这样也要在茫茫雪地里奔行一公里，虽然躲过了深雪地带，但冷风吹脸，一段路也要歇上几歇，时常是累得气喘吁吁，满头冒汗。

直到2015年，农村的道路普遍得到改善，公路通往老家的土路修成了砂石路，这样，车辆可以在中途停泊，就近祭祀，减少了很多劳顿之苦。

但不管每次去多么艰难，我从不抱怨。尤其我从老家走出多年，家族眼中的我是进城过好日子，更应该怀有感恩之心，感恩故去的祖辈和母亲。这样一想，什么累、冷，都不值一提，倒觉得这么做是应该的。

我出生之时没有看到爷爷，确切地说，是父亲二十几岁时爷爷就离世了，留下奶奶和儿女们相依为命。早年，我们家族挨欺负，当儿女们长大了，命运才有所转变。奶奶生有五个儿子、两个女儿，父亲排行老三，在叔辈的排行中居第六。许是我的母亲离世较早，奶奶一直很疼爱我们。那时候奶奶在七叔家，和我家住着东西院，每天放学都要先到奶奶家，有什么好吃的奶奶也舍得给我们吃。记得有一年入冬，奶奶担心我上学受冻，就提前在炕上给我续棉裤。我结婚后搬到镇上居住，奶奶这时已经半身不遂。每次回老家，我们都要看望奶奶，把买回的食品送给她，可这时卧床的奶奶什么也吃不进去了。

母亲在我刚上高中时患了恶性肿瘤，从哈尔滨手术回来后发声都困难，交流时只能用笔把要说的话写到纸上。自从她离世后，每年回来祭祀，我都会像过电影一样思起往事，想起生前她待我的种种好。我从奶奶身上学到了坚韧，从母亲身上学到了善良，她们影响着我做人做事。回乡途中，我想起很多事，特别是在雪地里跋涉中，当年一起和家人种地、收割的情景不断浮现，远处的房屋、树木以及路上稀稀落落的行人，都会勾起过去很多的回忆。

二

每次回到老家，不愿立刻返程的我，都要开着爱车到当年经常去的屯落转转。今年春节，我故地重游，不免发出一些感慨。最先经过的屯，是前黑林子屯，地处老家的西北方向，这个屯被南北经过的柏油公路一分为二，也就是分布着两个生产小组，一个组在柏油路西面，另一组在柏油路东面。这个屯给我的印象是观念新潮，村民追求个性自由，男女青年很注重穿着打扮。

过去我家开过白酒作坊，经常在冬季来这里索要欠账。一个百户左右的屯落，欠我家酒账的总有那么几家。尽管非常不情愿去，可也没有别的好办法。办事讲究点的人家当时便把账给了，有的家庭则不然，一再推脱，以至于年前都不能还清。后来我家酒坊不开了，对这个屯的情况也知之甚少了。

车辆自柏油路西口下去，一直行驶到最西面的屯头。屯落显然比过去整洁干净了许多，房屋也大变了样。看到几处眼熟的院落还能清晰忆起往事。有一处住房是我当年的地理老师家，印象中他很博学，总是骑着自行车上下班。有一年的夏天，我和几名同学还去他家给玉米施肥。道南的一处房屋是老同学的哥哥家。小屯有四五个当年小学的同学，其中一个姓于，当兵在部队提了干，刚参加工作时我们还保持着联系，有一年他回老家，约我同去，就是在他哥家吃的饭。

前黑林子屯东有个供销社，全称是泗河供销社黑林子分销店，是我们小的时候经常去的地方。尤其到了冬季，一路顶着西北风，年前来这里的次数是最多的，店里物品琳琅满目，柜台里散发出的一股浓浓的清香，是我们久闻不够的。那时候，我们从这里买回全新的扑克、香烟和过年的糖块、鞭炮，心里充满了无限的憧憬。后来离开了老家，也便远离了这个分销店，可我每次回乡，只要能挤出点时间，我都要到这里瞧瞧。时过境迁，当年红火的分销店如今变成个人的住宅，院内显得特别冷清，悬于两墙中间的线杆上搭的一些衣服说明屋内住着人家，大门两侧的方形墙柱上面的"发展经济""保障供给"红漆早已掉落，透出几分岁月的沧桑。角铁焊制的大门锈迹斑斑，只有车辆进出才能打开。我驻足张望，浮想联翩，将相机镜头伸进大门空隙，每次都是认真拍完几张照片再走。

与前黑林子屯毗邻的是后黑林子屯，也叫东黑林子。这里与分销店一沟之隔，离我的老家很近，处于老宅北偏西的位置。这里归青山乡管辖，却有着截然不同的生活理念。由于这个屯有两个爱打仗的青年，在周围村屯中有一定影响，所以年幼的我便对这个屯生出几分敬畏，认为这个屯的人厉害。

后黑林子屯原本就很干净，后来道路经过整修，铺成了水泥路，就更显得宽阔平坦了。两侧的院子家家干净利落，路上行走倍觉豁然开朗。当年我经常来这里，也包括年关到这里索要酒账。我有一个叔住在这个屯，可能已经搬走多年了吧。

再往东是小高家屯，和我老家南北相望，春夏秋开后门时，一眼便能望到小高家，上中学时晨练，也能走到小高家的近前。对这个屯的印象一般，主要是屯子东西距离短，房屋比较破旧，人也比较土气，没有值得推崇的地方。而对村部所在地的新发屯就不同了。这里在集体生产队时就比较富裕，干活儿多，有个别户与我家地挨地，秋收时在地里说话互相都听得见。新发屯的人是比较厉害的，读小学时，新发小学的老师经常组队来我就读的村小打篮球。服装规范齐整，队员训练有素，而且场场赢球，令人羡慕。另一个原因是这里有个远近闻名的梁书记，有关他的很多逸事，在村民中津津乐道，随地都能听到关于他的评价。这里人脉广，有几个大户人家，在周边很有影响力，人脉的触角伸向了县城甚至省城。即使这样，屯里也有个别户欠我家酒账的，一个冬天要去几次，多少颠覆了我原本的好印象。

三

每次回乡，都是一次采风之旅，最抓我眼球的莫过于雪了，老家的雪呈现出不同的姿态。公路和两侧的田间隔了一条树带，树带的下面是一两米深的水沟，一场大雪过后，树带和水沟往往要囤满很深的积雪，这里的积雪没有人践踏，一脚踩下去，整条腿便陷了进去，脚越踩越深，离开的地方现出很大很大的洞。我是不会放过这种所谓"残缺"的美景的，也顾不上了寒冷，依然掏出手机拍下来，主要还是想留作纪念。有一年雪下得特别大，我专门把朋友的相机带在了身上，在大地里穿行时，被一块块的雪景迷住了，情不自禁摘下相机进行拍照，竟然把说明书丢在了地里。

除了这雪，吸引我的还有家乡的冰凌花。清明节前，气温明显回升，大地里的雪已经被风吹得不多见了。我老家通往五常市的公路上，遍布着很多山林，独特的地貌及土壤，为冰凌花的生存提供了栖息之地。这时我的返程也多是舍近求远，在这条路上奔行，比来时的近路要多跑出 50 多公里。尽管路面颠簸，可我还是蛮有兴致地驾车前行，路过山林的地方，就下车到里面瞧看。终于在一处阳面的山冈，发现了大片的冰凌花。我欣喜地找来了装雪的袋子，去山坡的阴面装了一些雪，然后小心翼翼地抱到冰凌花盛开的地方，根据光线情况，巧妙地将雪洒在冰凌花的根部，然后摘下相机进行拍照。为了拍到最佳的画面，我有时坐在坡面上，有时蹲下身子，甚至趴在地面上，这时的裤子早已沾满了泥土，样子甚是狼狈。

在老家逗留，我也喜欢到我老家之外的路线转转，这条路线涉及三个村，跨度长达几十公里。我驾驶着车辆在路上行驶，每到一个屯落，都会勾起我摄影的兴趣，尤其一些人家大门上悬挂的红灯笼，把新春的吉庆彰显得一览无余。为了拍下这个年味很足的画面，我放慢车速，选在最佳的位置停下车，车窗摇下，把单反镜头对向几个大灯笼。有时发现哪户人家贴的春联喜庆，干脆走下车，找个最佳的拍摄角度，直到拍下满意的效果为止。

袭人眼球的还有家乡的玉米楼，这些个玉米楼多为长方形的结构，更多的是用拳头粗的钢管焊接搭建，也有的是用各类圆木交错绑实，中间用木板条均匀地排列，留有一定空隙供玉米的透气通风。玉米楼都很壮观，长的有几十米，高的三米多，玉米的堆高有的依靠输送机作业。农户的院里，路边的墙下，威武的玉米楼里现出黄灿灿的玉米棒，甚为壮观，与砖瓦房、水泥路互相映衬，成为村庄里耀眼的风景线。

我走近玉米楼与村民攀谈起来，老农回答我说，现在的屯里年轻劳动力少了，他们都去外面打工，留家里种地的多是老人和妇女，不过普遍实行机械作业，地也好种了，年年都丰收，日子更有奔头儿了。

每次回乡都有意想不到的收获。从沿途领略的一路风景，到与新农村建设者促膝相谈，我看到了当今农民生活的富足，也看到了在党的政策之下乡村振兴的希望。

载于 2022 年 6 月 14 日"榆树文联"公众号

小园之恋

　　我每天晚上有徒步的习惯，夏季里更是雷打不动。每次去北公园途经一处小菜园时，我都不由得心驰神往，菜园里有位老农时而侍弄着田垄，时而俯下身给秧苗浇水。这时我便想，若是自己家有这么一块菜园该多好啊！清晨，到园子边散散步，舒展下慵懒的筋骨。黄昏，也可以走近菜园，感叹一天的流逝。而今晚，我终于如愿以偿，跨过路边的一道沟坎，旁若无人地走了进去。

　　眼前是一片葱郁的菜地，刚栽植不久的小葱透着湛绿，径直地保持着优美的身姿；鲜嫩的茄秧已长出两尺多高，偶尔可见茄子下面掩映的小茄包；豆角架上爬满了枝枝蔓蔓，再过些时日就该开花了；绿油油的是辣椒垄，钻出地膜的是柿子秧，玉米长势喜人，还有茂密的土豆秧已经生出了白色的花瓣。我踏着一条长满各种草秧、被踩实了的园间小路，一直走到园子的尽头，时而回头顾望，所有的蔬菜秧苗尽收眼底，眼前景色幻化出过去在农村时的一幕幕镜头。

　　在我十几岁还是名初中生的时候，每当放学回家第一件事便是走进房前屋后的小园，看看园里有没有合适的食物吃，如果遇到个长大一些的黄瓜妞，或者刚刚见红的柿子，那便如同哥伦布发现新大陆一样，急不可耐地揪下来成为口中之物。那年月，蔬菜成熟晚，家家孩子多，记忆中没有一年是柿子完全红了摘下来吃的，黄瓜也是没等完全长大就被揪走，只有等下了几场透雨后才能吃到成顿的黄瓜菜。这种状况，直到成家后才有所改变。

我是个不太喜欢热闹的人，喜欢欣赏夏季里田园的恬静。早晨是我锻炼的时间，不管时间如何紧张，回来后都要到园子里转转，望着秧苗上滚动的露珠，呼吸着清新的空气，享受着清晨的美好。吃过晚饭后，我也习惯到房后的小园，或者到家附近的园田地头，眼望着屯子里家家升起的炊烟，听着偶尔传来的鸭鸣狗叫，体味一番后，找一处干净的地方落座，打开带出来的报刊，品读着上面的文字，不时拾起笔记下偶尔闪烁的词句。

婚后我离开了农家院落，在镇上街道购置了一处带小园的平房，房前的小园依然成为我时常的逍遥之地。早晨起来，顾不上露水，到小园看一看秧苗的长势，晚饭后也要到园子里转两圈。雨后初晴，在屋子里更是待不住了，这时的小园就成了我最适宜的去处。在园子里呼吸着清鲜的空气，摘一根顶花带刺的嫩黄瓜，或者扭下个熟透了的红柿子，遇到妻子在时，我会自我宽慰说："不干不净，吃了没病。"于是将食物在沾有露水的草叶上擦拭几把，就放嘴边香香地吃起来。周末如若全天休息，我还会搬出屋子里的课桌椅，放置在园子头，就着一旁果树的浓荫，眼前是长势甚好的秧苗，在这样环境下看书写作，别提有多惬意。

自从进了城，已经很难感受到来自农村小园的气息了，每次下乡或到农村的亲戚家串门，我都不忘到长满蔬菜的小园里看看，还有时用手机拍下几张图片。今年正月初五，趁着回镇上街道走亲，我特地走到过去住过的老房子处看了又看，当年的小菜园已经荒芜，里面还堆起了柴草垛，面目全非。第二天上午，我又顶着纷落的雪花，沿着过去走过的一条老路，在熟悉的阚家屯、小由家的屯中穿过，细细打量着路两旁每家园子里的塑料大棚，以至于每座木板桥、每处稻草垛都觉得格外亲切。

如今远离乡下已经十几年的光景了，农村小园里的那份恬静很难见到了。而整天奔忙在都市之中，当遇到类似农村小园一样的地方，特别是置身在柿子苗、茄子秧、黄瓜架等熟悉的作物中时，自然就产生了恋意，有种身在世外桃源的感觉了。

载于 2016 年 3 月号《天下书香》

难忘土坯炕

前些日子随省城的亲戚去了趟乡下，发现一家农户院外爷俩正在打水泥板，直至车辆快驶出村口，我还在目不转睛地注视着情景，随后大家的话题也围绕着刚才看到的一幕展开。

农户脱坯，在农村虽然是司空见惯，可对于离乡多年的我们还是觉得亲切而新鲜。我的老家地处榆树市的东北部，由于与黑龙江省一河之隔，地域上属于松花江地区覆盖范围，所以天气预报听黑龙江电台的比较精准。这里由于时常受西伯利亚寒流影响，冬季气温寒冷，土炕是乡亲御寒取暖离不开的。我是在老家土炕上一天天长大的。每年的夏季农闲，很多人家都要预先脱坯，取结实的黄土，将切割了的细草掺进其中，用水和成泥，然后用锹将泥放入模具中，待泥略微凝固后把模具取出来，这样土坯就制成了，在阳光下暴晒几日，摞在一起用于秋季搭炕用。到了中秋节前，农村开始拆炕抹墙，这个时候父亲很忙，先进行拆炕，刮掉一层层土面，将一块块炕坯起出，还要用刀具将炕坯靠近烟道一面黏固的漆黑的炕油子刮掉，将起出的炕坯放在窗台或炕沿，这时候的屋子人是无法待下去的，尘土飞扬，烟油味弥漫，弄得父亲的脸黑一道儿黄一道儿，望着父亲狼狈的样子和一脸严肃的神态，我有心想笑又憋了回去。炕拆完后开始搭炕，新脱的坯就派上用场了。炕洞怎么走向，烟道留多宽，闸板设计在什么位置，土坯怎么放置合适，都很有讲究，如果处理得不好，灶坑就不好烧，烟道留窄了容易憋烟，留宽了炕又热不长。火炕搭好后，需要用硬柴火猛烧，我们则找来树枝、木头填入灶坑，从大地里掰回来青苞米放灶坑里烧，木炭火烧出来的苞米特别有味道，虽然我们各个都弄成了黑嘴巴，但仍吃得津津有味。

那时候的炕席普遍用高粱秸秆加工编制而成，有的编好后留作家用，有的拿到集市上去买。为了防止炕面的尘土透过炕席缝隙，炕席下面都要铺上一些谷草，使用一段时间便更换。在那个特殊的年代，火炕还起到了烘干粮食的作用，新粮下来后，在进入磨米坊出米之前都要进行烘干，冬季里室外没合适的场地，于是火炕便成为自然烘干场。记得一个冬天，家里几次将潮湿的谷子，倒入炕席下面的炕面上，刚铺粮食的头几个夜晚，虽然做完晚饭还要烧一会儿门灶子，但被窝还是很长时间热乎不过来，好不容易熬到天亮炕上热乎了，又要马上起床。那时候没有几户人家铺褥子，身体脱光后直接贴在炕席上，以至于睡到第二天早上起来，浑身到处是炕席花的图纹。粮食经过土炕烘干往袋子里面装时，屋里每次都弄得尘土飞扬，脸上和身上跟挂了层灰似的，所以我们兄妹都盼望着烘干早点结束，热乎乎的被窝谁不眷恋呢。

冬季农闲，这炕席的作用可就大了，姑娘多的聚集在炕边欻嘎啦哈，男孩则在炕席上弹溜溜，上了点儿年纪的则在炕里打扑克、摆纸牌。奶奶家是我们小孩子经常光顾之地，每次去都靠近炕沿边的火盆跟前围坐，火盆里的火被拨开一层又一层，时间也不知不觉到了晌午。这时在家的老姑就将几个土豆埋在火炭里，十几分钟之后，扒出火盆的土豆漏出了嘎巴，掰开后热气腾腾地分给屋子里的人，大家吃得喷香。如果哪个人来晚了，在火盆里又找到了被遗漏的土豆，那比捡了钱还高兴。除了烧土豆，还在火盆上烤粘豆包。到了晚上，还有丰盛的"美餐"，淘气的男孩子到房檐下或者生产队空房子里掏家雀窝，打着手电用铁钳子扎家雀，回来后摘了毛埋进火盆里，不一会儿工夫，家雀烧熟了，满屋弥漫着香味，大家你一口大腿，他一口胸脯，吃得"舔嘴巴舌"，恨不能再抓回来几个。

　　如果是早上醒来，那就更有风景可看了。眼前的窗玻璃上结满了形态各异的冰凌花，有的像飞鸟掠过层叠的山峰，有的似海底世界鱼虾漫游，有的像池塘里的芦苇于风中摇曳，有的犹如鹅毛雪片在空中曼舞。特别是在朝霞映衬下，美丽的冰凌花变换着不同的色彩，一会儿变白，一会儿变黄，一会儿又幻化成另一种奇异的造型。这个时候，我都像欣赏艺术品一样领略着气候的变化，惊叹于大自然的巧夺天工。有时为了看到窗外的目的，不得不在窗玻璃的一角吹几口哈气使玻璃透亮，或将整个温暖的手掌按上去，留下了清晰的五个指印，如果是火盆搬到了炕上，就拾起烧得半红的烙铁触上玻璃，顷刻间冰水流淌，能够很清晰地看见窗外情景。到了中午，融化下来的窗台水恰似一条小河在木窗台肆意流淌，这个时候就得拿上抹布搭成围堰拦截继续流淌的水线，严重时还得用抹布引导着窗台水进入水盆。如果天气实在寒冷，冰凌一天都没融化，只能动用菜刀或者斧头用力去砍了。

渐渐地，不知从何时起，农村的土坯炕被水泥板炕替代，炕席也换上了纤维板和炕面革，由于多数人家安上了地热和暖气，再也看不到传统的火盆了。

农村的土坯炕，伴随我走过了童年、青年，驱走过无数寒冷与孤独，带给我不尽的温暖与回味，我永远铭记着住土炕的岁月。

载于 2016 年 7 月 29 日《吉林农村报》副刊

"八一"往事

虽然没有当过兵，但对"八一"特别依恋。曾经的岁月里，留下过许多难忘的记忆。尤其走上工作岗位，随着深度接触，更对"八一"多了份感知，以至于生出很多难以割舍的情结。

20世纪70年代末，我正在家乡的小学读书，尽管年纪小，但对"八一"充满了期待。八一建军节那天，大队每次都要举行篮球比赛，地点设在小学操场。篮球场地靠近东侧路边的树带，四周站满了看比赛的人。新发小学是另一个乡的友好单位，也派球队前来比赛，看到他们齐整的服装和高大的阵容，好生羡慕。他们的传球、投球，一看就训练有素。

上了中学，眼界不再局限于家乡的村屯，开始关注镇上的活动，除了举办球赛还进行大秧歌会演。看完篮球看排球，直至比赛结束。看大秧歌更是劲头十足，在人堆里挤着看，有时跷脚，有时随前几排坐地上，不顾毒辣烈日，不在乎风吹土袭，那种痴迷，是现在的人少有的。

1990年春节后，高考落榜的我有幸进入镇政府工作。主要是写新闻，搞好宣传。连续几年的"八一"，我都到武装部，与各村联系，抓一些拥军优属的新闻，写生动的感人故事，除了在本站播出，还向省市电台、电视台和报社投稿。得知市电台播了我的稿件后，异常激动，即使重播时正是下班的时间，我也要停下自行车，听完大喇叭里播完我的新闻后才回家。要是文章在报纸发表，我就更兴奋了。

2001 年 7 月 31 日，最令人难忘，这是我进市委大院儿到民政局上班的第一天，也是我第一次为领导写致辞，参加军队离退休干部办公室的庆"八一"活动。此后每逢"八一"，市领导及社会各界都来光荣院慰问退伍老兵，光荣院也杀猪设宴，邀请我们这些局内人共度节日，市文化馆还组织文艺演出。为了保持全省双拥模范城的多年荣誉，我还编发过多期双拥简报，为"八一"献礼，里面的多篇稿件都由我独立采写，虽然很辛苦，但也乐在其中。

后来，我开始接触网络，写博客、玩论坛、逛贴吧，除文字之外，还迷上了摄影。每当"八一"来临，我都要出去采风，拍一些与节日有关的图片，并配上相应的文字，在家乡的贴吧、论坛上发布，唤起人们的双拥意识和建设家乡热情。

载于 2017 年 7 月 26 日《劳动新闻》副刊头条

摆摊经历

1996年，我婚后第五年，日子过得拮据，恨不能将一分钱掰成两半花。如此窘境之下，我不得不琢磨点来钱道儿。

我分析了当时的状况，手头没有充足资金，两个人平时又上班，想做买卖赚钱又不愿压货，最适合的便是摆小摊打快拳。于是，我将目光锁定在春节期间卖糖块儿上。

那年进入腊月，我们筹措了三千块钱，几家结伴一起雇车去五常县城进货。我们货比三家，用批发价购回了价格便宜、质量保证又容易卖的糖块儿，还随之带回了多种礼品罐头和盒装白酒、葡萄酒，货物整整装满了一辆面包车。老家的二哥也过来帮忙，为我赶制了两个木板案子，我又去焊制了两对马凳，征得了临街店铺的同意，在对应他们的路边架起了糖块儿摊，就这样，我们的小摊开张了，第一天卖了近20元，虽然少得可怜，但毕竟是迈出了第一步。

妻子热情爽快，见人就搭腔，我也克服了嘴笨，来人就招呼，买不买货没关系，人熟为宝。望着路上涌动的人流，我抛开羞怯，时不时地喊几声，第二天就习惯了。

摊床距离我家有一百多米的距离，收摊时，分量轻的袋子背回家，分量重的货箱放到店铺寄存，空空如也的摊床则继续占位，免得次日一早被人抢占。虽然站了一天很冷很累，但数钱时的感觉是最舒心的，这毕竟是我们辛苦劳动的收获啊！年前以卖糖块儿为主，年后卖罐头和酒，尽管一天卖出的数量不多，但利润丰厚，那一年，我们挣了一笔小钱，足够过年的开销。

尝到了挣钱的甜头，我跃跃欲试开商店，发现一家小吃部黄了，便兑下改装成食杂店。由于资金短缺，第一次进的货物只能摆上柜台的一半，再进货后勉强摆满柜台，尽管这样还"打肿脸充胖子"，和别的老店一样对外批发零售。开业那天，农村熟悉的店家来捧场，进些啤酒，我只能联系一家大店，卖他们的啤酒，宁可在中间一分钱不挣。为了促销，春节期间，我们充分利用靠近市场的有利地形，在路边也摆上摊床售货，结果得到意外收获，不仅方便了顾客购物，还把用户引到了店里，实现了批发零售双赢。两年后，我轻松地还上了外债，搬回了梦寐以求的康佳彩电，骑回了价值不菲的嘉铃牌摩托车，而且手头也有了充足的流动资金。

后来工作上出现转机，为了全家进城，我忍痛割爱，把商店兑给了别人经营，也从此告别了摆摊。一晃 25 年过去了，每当回忆起那段经历，我都深感这是一种财富，那是一段辛苦但很充实和快乐的时光。

载于 2021 年 4 月 26 日《劳动新闻》副刊

聆听喜雨

久违的一场春雨，滴滴答答下个不停，敲打着窗棂，溅落到地面，也扑闪进心湖，泛起阵阵涟漪。我习惯地坐在窗前聆听这雨声，享受着春夜喜雨带来的别样意境。

不知从何时起，我对雨水情有独钟。每年的第一场春雨来临，我都迫不及待地推开窗子，聆听这滴答的雨声，观察外面的变化，甚至走出小区用手机拍几张图片，写出新闻第一时间与大家分享；夏日淋雨的清晨，我打伞走在红砖铺就的人行路上，望着车辆驶过马路扬起的水花、来往行人擎起的各色雨伞以及雨水打在脚前溅起的水泡，都情不自禁地诗兴大发，一路上苦思冥想着恰当的词句。

其实乡下的雨才是最令人怀念的。当年住农村的时候，到处都是清一色的土路，每逢下雨，路面泥泞不堪，马车碾过的车辙和行人走过的足迹，造成了道路凹凸不平。人们对雨多半是抱有不欢迎的态度，要下雨了，家家急着盖酱缸，关窗户，抓鸡崽上架，往屋里抱柴火；雨下时，则将脸靠近玻璃窗向外张望，议论着苗情和年景，如果是落下雹粒，老辈人则麻利地扔出去一把菜刀，祈求能停止冰雹；雨停下的间隙，勤快的村民推开家门，来到院前观看壮观的水势，哗哗的流水自高坡淌下，在低洼处汇成河流，一直流向村头的壕沟。小伙伴们顽皮地光着脚丫在湍急的河流边玩耍。如果是壕沟平槽，那会吸引更多的人去观看。记得我老家屯东的壕沟就无数次招致洪水平槽，刚放学的小学生被截在了西岸，一房多深的水流汹涌湍急，胆子小的人根本不敢站在沟的近前。这时从上游的村庄冲下来一棵棵圆木坨，水性好的村民红了眼似的跳进水中，随水流游出很远才将木坨拖上岸。到了黄昏，壕沟的洪水撤去大半，被截的学生由家长接应回家。夜幕降临，又"哗哗"下起了小雨，推开房门瞧看，房前屋后的洼地里全是白茫茫的水面，我们担心水漫房屋，夜里不敢入睡，一家人轮流着从门里往外淘水，当时的情景真是触目惊心啊！

雨水也带来过温情脉脉的时刻，那则是雨后的风景了。最瑰丽的要算是天边出现彩虹，大人会叫着小孩儿出来观看，有的妇女怀里抱着小孩儿走出了屋，就连鸡鸭鹅有的也被放了出来，"叽叽嘎嘎"地撒着欢儿，与人类共享雨后的惬意。

天晴了，温暖的阳光倾泻而下，人们都不愿待在屋里，出来见太阳。孩子们有的聚一起摔泥泡，有的带铁钳去河边扎蛤蟆；大人们有的牵出马匹啃路边的青草，有的带上镰刀去地头瞧看庄稼。经过雨水的滋润和阳光的照射，路旁的杂草和地里的庄稼疯长。路面踩出道眼后，勤快的村民又不肯闲着，带上锄头去地里砍大草，家里活计轻的伙伴们则三五成群到下甸子去放马，回来时赶上天气要下雨，只有快马加鞭与时间赛跑，记得我两手紧紧抓住马鬃，两腿紧张地夹住马肚子，生怕一不小心摔下来。

窗外的雨还在下，我的思绪回到眼前。这雨清新了空气，驱走了浮尘，即将催绿杨柳；这雨浸润了土地，改善了墒情，正适合春播，用"春雨贵如油"形容再恰当不过。我喜爱这珍贵的喜雨，我愿在这雨中继续聆听，聆听这春季里最美的声音。

载于 2016 年第 4 期《榆树人》

老家的黄昏

晚饭后在小窗口落座，忽然一股野炊的香气飘了进来，这浓浓的味香强烈地刺激着我的嗅觉，瞬间在我的眼前，一幅幅家乡黄昏时的久违镜头交替浮现。

最先涌现的画面是一群家猪被赶放回来的情景，随着放猪人"圈——猪——嘞，圈——猪——嘞……"的吆喝，不需要主人特意的接应，猪们就像认识家门一样找回各自的家，这时候的主人会摆放好猪槽，里面放些稀溜的泔水，对没吃饱的猪还放些糠和秕谷之类供充饥。现在想来，那应该是大帮哄生产队年代的事了，生产队雇两个放猪的，一般都是一老一小搭配，小孩子在前边引路，年岁大的老者在后面用大鞭子赶猪，早上8点半左右，家家户户都打开圈门把猪放出去，这些猪被赶到山坡牧放，有的山坡下还带有水泡子，猪们在泡子边打腻，浑身脏兮兮的。一般放两个小时左右，于中午前把猪赶回。下午1点半左右放二遍猪，天擦黑前猪被赶回，这种情景一直持续到分田到户。

放马归来也是黄昏时间发生的情景。分田到户后，种田的人家几乎户户都饲养马匹，放马的活计自然落到我们这些十几岁的半大小子身上，吃完早饭后出发，出来就是一小天儿，麻袋片子充当马鞍，手持小马鞭，到下甸子找个宽敞的青草茂密的地方把马松开，如果怕马走远，则可以将马的缰绳盘系到马膝盖上。往回赶路时，一般都狂跑一段路，紧张得双腿夹紧马肚子，两手抓住马鬃，生怕摔下来。连续放马多日，屁股没有不被铲的，以至于几天都不敢落座。

夏季里即使很炎热，庄户人也是不歇脚的，玉米需要蹚上三遍地，马拉着爬犁载着犁杖一早出去，黄昏前就住工了，蹚地者一般都是将马匹赶到井沿饮足了水后才回家卸套。到了农闲，庄户人也闲不着，白天夹着镰刀到大地里巡看庄稼长势，回来时割几捆青草或者苞米尖，赶在晚饭前拽上个人蹲在马棚里，一刀一刀地切草做马的饲料。

黄昏时家家都生火做饭，房顶冒起了炊烟，有的人家边往灶坑里添火，边烧着青苞米，当烧好的苞米从铁钳上拔下来，用苞米叶擦去表层灰烬然后裹着吃时，那才叫香呢，以至于晚饭都吃不下多少食物了。

吃晚饭时是一天里最放松的时刻，大锅里捞的小米饭弥漫着喷香，刚出锅的土豆茄子上泛着油花，插黄瓜拌干豆腐做的凉菜格外诱人，青辣椒、嫩葱叶、咸菜、大酱全都挤上饭桌，没有肉腥的饭菜也吃得津津有味。在吃饭时间里，汇聚着一天发生的信息，大事小情、家长里短，都赶在饭间人齐了时说，如果主人再喝点小酒，话语就长了，而作为小孩子，多是分享着大人的话题，或带着疑问穿插着问上几句。

吃罢晚饭，男人嘴巴一抹退回到炕墙边看电视，女人则拣桌子收拾碗筷，小孩子不愿待在屋里，在外面疯耍，夜幕渐渐地黑了下来，偶尔也有些人，嫌待在屋里闷热，大道两旁走走，或者干脆蹲在井沿旁边的墙根底下唠家常。

　　老家的黄昏，印刻着我很多不灭的记忆，如今离开家乡多年，我每次回去都不忘到曾经熟悉的地方走走，尽管昔日的情景再也寻觅不到，可我依然愿意在回味中徜徉，任思绪信马由缰。

载于 2016 年第 4 期《榆树人》

烧柴的回忆

　　秋收时节，走在乡村的村道上，两旁的青蒿长成一人多高，再看田野，大片的玉米被机械直收，每看到这些，我便不住地感叹，农村真的不缺柴火了。

　　当年，我家备受缺柴之苦。那个年代，秋收忙时，家里经常吃贪黑饭。原因是父母下地干活回来得晚，再就是青玉米秸秆不起火，延长了做饭时间。有时，不等大人回来，我干脆下厨做饭，可烧柴不争气，新玉米秸秆外干内湿，叶子烧过后便不再起火，还憋出很多生烟，呛得人直掉眼泪，小脸弄得一道道黑。

　　为了弄到烧柴，入冬之后，屯里一些人家联合套上几辆大马车，搭着伴前往百里以外的东山里捡树枝，一去两天，每次都是满载而归。弄回来的烧柴有锯掉的树干，有一两寸粗的枝条，桦木、椴木、水曲柳、黄玻璃，不下十几个树种。小伙伴们这下开了眼界，围绕着这些烧柴，辨别着树木的名称，挑选好看的木棍藏起来，生怕作为柴火丢进灶坑。最受青睐的当属桦木，白白的树皮、清新的纹络，吸引着我们去端详，像欣赏着一件艺术品那样上心。在好奇心驱使下，伙伴们给桦木扒皮，一层一层，直到扒得精光。到了晚上，把桦树皮用火点燃，由于树皮含有丰富的油脂，被烧得嗞嗞作响，火光点亮了暗夜，也映红了我们一个个开心的面庞。

到了夏季农闲，一些人到草甸上打柴，有的打完就地晾晒，有的直接用车运回家，小小的院落，过道、墙边全是站立的草捆，俨然守卫家门的士兵。而在一些小道旁、壕沟边，随处可见被放倒的蒿秆。能够作为烧柴的高棵作物，基本是所剩无几了。

我还随家人打过玉米茬，茬子用刨锹挖出垄台后，用铁二尺各个敲掉上面的泥土，剩下的茬身运回家就可以做烧柴了。相比之下，搂豆叶不是很劳累，装满几袋子后运回家，虽然不是硬火，但至少可以弥补烧柴的不足。

学校的烧柴也严重不足，每年秋收后都给学生摊派拾柴任务，号召学生拔豆根，每个年级的学生任务不等，很多学生把手拔破了是经常的事。算起来，这也是每个学生经历过的最苦的劳动。

实施包产到户以后，玉米种植面积增加了，庄稼长势好，家家的烧柴基本不缺了。随着城镇建设步伐的加快，农村人口大幅锐减，加之生活水平的提高，很多人家冬季用煤炭取暖，特别是近些年，大多数人家用上了煤气罐、电饭锅，烧柴出现了大量富余，过多的玉米秸秆则成了累赘。

载于 2018 年第 1 期《榆树人》

电影的变迁

五一假期，从上海回来的女儿要我陪她看几场电影。走了两家电影院，几乎场场爆满。没想到，在消遣形式日益多元化的今天，影院还这么火。

提起电影，我情有独钟。20世纪80年代初，十几岁的我正读初中，放学回家最大的乐趣就是和同伴们一起看电影。当时放映的是露天电影，地点多选在生产队宽敞的院落里，几乎每场电影都引来十里八村的村民观看，看电影的人很多，在后面看不到只能往前面挤，最前面的人只能坐下。为了躲避拥挤，有时竟然站到银幕的背面去看。

除了露天电影，镇上有个电影院，也称大礼堂，新影片都在这里首映。每演一场电影前，院门口都被围得水泄不通，赶上好片，连续几天座无虚席，能不买票进去的，在当时倍感荣耀，也令我们这些乡下孩子望尘莫及。我读高中时，电影院与学校只隔一道墙，墙内是电影院厕所。有一次正上演武打片《少林寺》，几个同学竟然不上体育课，翻墙而入，从电影院厕所里进去观看电影。后来这事反馈给校领导，在一次操场大会上，校长竟为这事训斥了半个多小时。

高中毕业后我有幸进入镇政府工作，电影院的后门连着政府大院。放映队隶属镇文化站，我看其中任何一场电影，根本不用买票，虚荣心得到了极大的满足，内心充满了无限的幸福感。当时我所在的广播站，很快拓展了有线电视业务，由于近水楼台，坐在办公室就能免费观看电影频道，这对于痴迷电影的我来说，是多么幸福的事啊！

2001年"八一"这天，因为工作变动，我来到市里上班，在单位一住三年，晚上经常守着电脑打字，逐步接触网络，看电影成了主要的消遣。特别是这几年，我用智能手机连接Wi-Fi可以搜索电影观看了，随看随选，电视竟被搁置一旁无人问津。

我感慨起电影的命运，现在还会有人看露天电影吗？农村的电影院还存在吗？带着这些疑问，上个月我回了趟老家，得知当年的电影院早已不见踪影，代之以新开发的楼群。不过乡下的露天电影还在放映，担任放映员的妻侄告诉我，他放映电影已经11年了。从2007年起，实行放映数字电影，和过去大相径庭，首先到市里用光盘将电影文件拷回去，然后在晴好天气到各村巡回播放，影片分为长片和短片，长片为正式片，时间在一个半小时到两个小时，短片即过去的假演片，在15分钟到20分钟。农忙时没多少人看，农闲时能有几十人看，大的屯子能有七八十人观看，人们对电影的痴迷程度已没有了过去年代的狂热。

不过，我还是要感叹，尽管现在的娱乐消遣方式有很多，但电影还是为很多人所喜爱。看露天电影，多数抱有怀旧的情结；到影院里观看，感受的是视觉的冲击；在电脑上观看，可以摆脱人多的嘈杂；而在手机里观看，可以更灵活，不受时间和地点的限制。人们在多种形式下选择观看，体验着科技发展带来的满满幸福感。

载于 2018 年第 5 期《榆树人》

老房子的回忆

婚后二十几年，我们小家辗转搬迁十几处，从泥草房到砖瓦结构，从借住车库到舒适楼房，每处都记忆犹新，其中住过的一处老房子印象特别深。

1998年的劳动节，我们小家结束了租房的历史，拥有了自己的住宅。房屋属老式砖瓦结构，与隔壁连着房脊，中间一道墙，我家住在东侧。知情人说，这一带是过去公社家属房，我们这几间住过派出所所长、砖厂厂长和税务分局长，经历过"名门望族"。我们也沾沾自喜，虽不奢求大富大贵，但也期望顺风顺水、太太平平。

原房主也许一心忙于工作，无心经管院子，致使院中的蒿草长成一人多高。我们买到手后，先全面粉刷，然后倾巢出动，彻底清扫院子卫生，光收拾出去的杂草、瓦砾就有四五十筐。

小院呈长方形，面积不足200平方米，地面全是砖头铺就，砖块之间频繁地生长出杂草，为小院增添了绿意。院子是封闭的，只要后门锁上，东侧大门关严，外面来人根本进不来，也看不清楚院里的情况。我喜欢小院的宁静，在房山下立起一块平整的石头，上面放块墙面砖，经常带杂志、日记，坐上面看书、写作。这里成了我的世外桃源。夏天炎热时，在南侧的砖墙角搭灶子，砖砌的锅台，上面放着16印铁锅，用炉筒子做烟筒，黄昏时烧火做菜，别有一番情调。赶上有风的天气，燃火非常旺盛，不一会儿菜就做好了，用课桌当饭桌，吃得格外香。

小院用处极大。亲戚给送来玉米秸子，小院便立刻成了天然晾晒场；院中央抻出一根晾衣杆，周末被搭得满满的，上面是妻子浣洗的各色衣物；院中心放着大塑料盆，里面盛满水，经阳光暴晒，下午水温热时，孩子可以跳里面洗澡。小小的院落充满着不尽的情趣。

院墙的南面有几棵果树和一棵樱桃树。樱桃树依院墙生长，上面结满樱桃，枝条探过墙身，在小院里举手可摘。果树分两个树种，其中有两棵结果硕大，果子熟透时"砰砰"掉落地上，我不喜欢这些带伤的果，非要摇动树木吃最新鲜的。果树旁生长着一些草莓秧棵，我们清扫时有意保留，等草莓熟了，扒开秧棵就能摘下红鲜鲜的果实，虽然数量不多，但至少能尝到带着泥土味的纯绿色食品。在起初的两年，这所谓的果园还产有婆婆丁、曲麻菜，攒到一起挖出来，吃上一顿绰绰有余。

果树南面是块小园，总共有20多根垄，垄头直达前栋房的墙根，西面与邻家小园接壤。小园土质板结，由于几任房主疏于侍弄，几乎呈撂荒状态，我们到来后大加翻整，板结的硬块用铁尺、铁锹逐一凿破，然后备垄栽秧。小园里，种有将近一半垄头的土豆，还要栽上几垄黄瓜、茄子、辣椒、柿子和葱，可谓应有尽有。由于是亲手栽植，吃起来也方便，土豆不用去买，随时扒出新的吃；黄瓜虽说结得不是很大，但也能尝到新摘黄瓜的美味了；青椒更是垂手可得，还能随时吃到娇嫩的葱叶，有一块小园多好啊，自给自足，苦中有乐！

在老房子里大概住了四年，举家进城后只好低价卖掉，老房子此后也几易其主。每年的春节回到家乡，我都特意驱车从老房子旁经过，有时停下车到房前屋后转转，用手机在不同角度进行拍照。也许，进入中年以后的人，都容易怀旧吧！

载于 2019 年第 3 期《榆树人》

小时候的春节

随着年龄的增长，对春节的感悟逐渐加深，从农村老家，到镇上街道，再到市里挤进高楼，年味愈加寡淡，由此也更加怀念小时候的过年。

20 世纪 80 年代初期，那时的我也就十几岁。放完寒假，就开始数着日子盼过年。当时物质匮乏，盼好吃的，盼好穿的，之后是玩是乐。最让人心动的是赶年集，在家拉好购物单，几家出代表坐着大马车，奔向五常大市场。五常是一个县，归黑龙江省管辖，冬天走河道距离老家 20 多公里路。一路上天气寒冷，在马车上坐一会儿就得下车跑一段儿，才不至于把脚冻伤。大市场货品齐全，应有尽有，我们小孩子最关注的是鞭炮和灯笼，大人则置办冻梨、糖块儿等食品，有的家庭还添置了洗衣机、电视等家电设备。不等天黑就得返程，到家时多数人家早已吃完晚饭，虽然一路很冷，但到家后都很快乐，特别是望着自己喜欢的物品，充满了幸福感。

旧貌换新颜，屋里屋外都需要见见新。父亲买回了旧报纸，带领我们一起糊墙。我抹糨子，父亲往墙上糊纸，由于我干活细致，父亲干脆把糊纸的差事让给我。我糊的纸平整对称，没有褶皱，经常受到大人们的夸奖。

鞭炮是必不可少的，那时候叫小洋鞭，我喜欢 200 响的，近腊月十五就买了回来，然后拆下来一个一个燃放。每次放鞭时，我都要点燃一支烟，有时连续放 20 多个，需要点着两三支烟，为了保持烟火不灭，必须及时吸上几口，我学会吸烟就是由放小洋鞭引起的。小洋鞭不等过年就放没了，年前赶集就得再买一次。

除夕上午，家家户户都特别忙碌，主妇下厨，男性则忙着贴春联。事先备好纸张，红纸用于写春联，彩纸用于剪挂钱儿。如果求写春联的人多，就得在写春联的人家等一会儿，然后用手指夹上墨迹刚干的春联往家走，门里、屋外、玻璃窗贴得到处都是。我愿意品味对联内容，因为它至少反映了户主追求幸福生活的美好愿望。直到搬进城里后，我经常走出小区，到平房密集的棚户区拍照，一些好的门对和吉祥的福字，无一例外地进入我的镜头。

春节联欢晚会是精神大餐，屯里没有电视时，爱凑热闹的人则结伴到前屯观看，满屋子全是人。后来电视走入每个家庭，坐在家炕头就可以看春晚了。

除夕之夜，最热闹的便是接神，往往电视还没有看完，父亲就在当院中间隆起了火堆。我则将要放的烟花拆好，双响子理出捻，随着一挂鞭的噼啪炸响，双响子、烟花依次燃放，火光照亮了半边天，震耳欲聋，不得不把耳朵捂上。放烟花环节是最过瘾的，一个球一个球地数着，直数到球喷尽了才离开。

此后的正月头初五，只要是在家，每顿饭之前都必然点着一支香烟，燃放一挂鞭炮，或者放两个双响子，才可回屋动筷子吃饭。

过完大年初一，进入走亲访友模式。初四是去姥姥家的日子，七八年雷打不动。我和妈妈穿越雪道，一路上歇了又歇，才走到几公里路远的姥姥家。妈妈他们哥姐七个，大舅、三舅、四舅，几个家庭的人走马灯似的穿梭，热闹极了。回来时姨父用吉普车把我们送回家，还送一些糖果给我们，每次他们离开时我都有些依依难舍。

正月十五元宵节又是一个重要的节令，伙伴们提着灯笼各家游走，一些人家还将大红灯笼挂在门外的高杆子上，增添了春节的喜庆。十五这个晚上，每家将过年剩下的烟花统统拿出来燃放，南北二屯，叮当炸响，烟花四射，装点着整个夜空，一年比一年有气势。

年，就这样过去了，一年一年留下无数欢乐。搬进城里后虽然衣食无忧，但当年在农村老家过年的情景常常想起，那浓浓的年味，已经深深印刻在我的记忆里。

载于 2020 年第 1 期《榆树人》

那些年的假期

又到了一年的暑假，看着孩子们走马灯般穿梭各个辅导班，不禁想起当年自己的假期。由于我生在农村，又由于家境不同，使我的假期充满乐趣，又饱含苦涩。

20世纪80年代初，十几岁的我正读初中。和所有同学一样，我对假期充满着渴盼，因为假期里没有功课，是身心较为放松的一段时光。

爱赶热闹，是那个时期男孩子共有的特性，听说哪里有热闹了，不管多远都去看。记得每年的"八一"，镇上都组织球赛。尽管天气炎热，离镇上几公里路，我都满怀兴致地结伴前去，而且是一路步行，回来后精疲力尽，却觉得非常充实。

暑期也是农闲季节，一些村屯轮流请草台班子唱二人转，少则三四天，多则六七天，演出通常是晚上进行。方圆几十里的村民都来观看，看戏的人群人声鼎沸。年纪尚小的我尽管听不太懂台词，但还是乐此不疲地南颠北跑。

假期里，自然少不了帮家里分担活计。由于同伴们家里都饲养马匹，放马的活计自然就落在我们这些半大小子身上。大家喜欢结伴而行，带上小马鞭、坐垫，到村头集合。由于我个头小，须将马牵到低处，借助高坡才能跃到马背上。马行走时背部肌肉前后蠕动，骑在上面不安稳的我，只好两腿夹紧马肚子，两手抓住马鬃，唯恐一不小心掉下来。马跑动时，我更是紧张得不得了，死死抓住马鬃，不一会儿，手心便沁出了汗。

我们放马的地点多选在距离家里五六里路远的南山，这里有成片的草地，有各种树木，是放牧的理想之地。到南山后，将缰绳拴在马腿上，撒开马匹，我们就可以自由地撒欢儿了。采玻璃叶，敲榛子，摘山丁果，吃山里红，玩累了就到背阴处，或躺或坐，沐浴山野清风，惬意极了。

初三那年，我家开起了酒坊，有时人手不够，我偶尔充当磨料员的角色。最难挨的是雨天，从马棚里牵出马，套上马车，然后装上盛满玉米的麻袋。我牵着马车，一路踏着泥泞奔向生产队，车轮碾过的泥坑达半尺深。到了磨米坊，电工刘叔上车掀麻袋，我则一袋一袋往屋里背。刚背上身时显然有些吃力，但我绷住两腿，咬紧牙关，尽量不动声色，以免让刘叔看出来笑话。

我还时常同父亲一起出去送酒，铁桶装满白酒达一百多斤重。去拉林河东岸送酒时需要摆渡，我和父亲搭着胳臂，把铁桶从车上抬到船里，到岸后又从船里抬到车上，一脚下去，沙土的地面都陷进去很深，抠紧铁桶的手心也勒出道道青痕，许久才能过血。当时我是咬着牙、屏住呼吸坚持下来的，暗想着发奋苦读改变这种命运。

后来，我的孩子逐渐长大。为了增加她的间接体验，让她珍惜当下的幸福，我时常将过去的经历讲给她听，可孩子却不屑于听，不为所动。我深为这代孩子忧虑，忧虑他们生活太顺，吃的苦少，难以担当。虽然我当年看似经历了一些苦，但现在看来，都是历练，都是财富。

载于 2018 年第 3 期《榆树人》

田园美味

啃冻梨

又到年关，家里早早地买回了冻梨、冻柿子，每到晚上，我都习惯地一边看书，一边啃上几个冻梨，冰凉、甜爽的冻梨没有给我带来寒冷，却使我感到了几分暖意，仿佛又重温起当年生活在老家时的那段时光。

20世纪80年代初，我生活的那个偏僻小村还不富裕，可来到年关，年货还是要买的，而在众多的年货里面，冻梨必不可少。每年的春节前父亲都张罗着去赶集，除了去本镇的集市，有时还走河道前往拉林河东岸的安家镇，操办最大的赶集是去30公里以外的五常大市场。去的时候屯里至少两辆大马车前后相随，每个车上都坐着十来个人。为了赶路，天没亮就从家里出发，每个人都要穿上厚厚的棉衣棉裤，男的头戴狗皮帽子围着脖套，女的围脖扎得严严实实，脚上穿的多是麻绳纳底的棉布鞋。赶车的老板子还得加件厚皮袄，尽管这样，脸上、眉毛上还是沾满了白白的霜花。坐一段车就得下来走段路，有时还带着小跑跟车，坐车上时也不时地两脚磕着鞋帮唯恐脚被冻僵。车走出一个小时后经过吉黑两省交界的南三道屯，这时天已大亮，家家户户冒起了炊烟，能够清晰地看得见人们路上走时呼出的丝丝寒气。白皑皑的雪路上，脚踩在上面发出咯吱咯吱的声音，连同车轱辘碾过时发出的声响混在一起，成为我记忆中最美妙的回响。

大马车到达目的地——五常大市场时已近晌午，闲人留下看车，其他人到商场买衣服和家具，最后返回停车处办置冻货。大市场的冻货应有尽有，上等的花盖梨比比皆是，有的几家合伙批一花筐。等年货置办齐备打马回程时，天已擦黑，途经南三道屯时很多人家亮起了灯，到家后已是深夜，家里人会端上热乎的饭菜。饭后，几家人开始打开花筐分梨，赶上没电时要打着手电筒或者点着蜡给冻梨过秤，分得的冻梨都要节省着吃，只有从年三十这天开始，才正式地摆到桌面大家享用。

后来买梨可以足不出户，有的人凭借平时积累的人脉，用车拉着冻梨到沾上边的亲属和朋友家里送，不由分说将冻梨倒屋地上几筐就走，吃好后过完年给钱。还有的人，由本屯中有威望的村民或者队长领着，一家家送梨，事后中间人收钱，这就由不得用户自己选择冻梨品种了。

关于冻梨的吃法也因人而异。年三十的团圆饭后，父亲捡了一盆冻梨，盆里添上凉水后冻梨很快结成冰坨。大家都等冻梨化开后吃，而我则急不可耐，在冻梨泡上水没几分钟，就掰开冰坨和梨表面的浮冰，提着带冰碴儿的冻梨啃下去，啃得家人直打牙门骨。

2003 年的下半年，我家搬到了榆树市区居住，尽管身居高楼，可还是保留着年关买冻梨吃的习惯，为了保持冻梨不化，甚至要把它放到窗口外的吊筐里冻上。

昨晚乡下的父亲打来电话说，今年庄稼丰收了，养的貉子卖上了好价，要我和弟弟全家都回去过年，年货准备了很多。我心头一热，几天后可以回去团圆了，想到年三十啃着冻梨、一大家人其乐融融的情景，全身便充满了无穷的动力。

载于 2015 年 3 月 19 日《中国社会报》副刊

榆树干豆腐

在所有我喜欢吃的食物中，榆树的干豆腐是我的最爱，无论是幼年时期，还是婚后辗转小镇居住，抑或后来搬到了市里，榆树干豆腐，一直没有离开过我的餐桌。

在我很小的时候，父亲喜欢吃豆腐，当时家境不算富裕，只有在有帮工或有客人来时，父亲才告诉家人，买点儿干豆腐，作为招待客人的一道主菜。后来生活条件转好，父亲每隔几天便捡上一块豆腐吃。每逢过年，都提前跟屯里的豆腐匠预订，供整个春节期间食用。那时我们南北屯有好几个豆腐匠，中午前，这几个豆腐匠都交替来屯里叫卖，他们的交通工具普遍是一辆自行车，车后架上驮着豆腐包。他们的叫卖声很特别，几乎一个腔调，"豆——腐——"，首字和尾字音拉得很长，"腐"字有意挑起读成"佛"音，日久天长，人们不用出屋，单就从叫卖声就可判定是哪个豆腐匠来了。干豆腐做得好，自然就有了信誉，有了回头客，喊声一出，人们就会端着小盆盛些黄豆去兑换，有的人家当场付钱，如果是本屯的豆腐匠，还可以赊欠，秋后下来钱一起算。大人们聚到一起，谈论起谁家的条件好坏，往往也是用一年吃多少豆腐来衡量，父亲总是神气十足地当着我们几个子女的面，历数一年付出多少豆腐钱，以此作为过上好日子的炫耀。

干豆腐能做出很多菜，仅我吃过的就有炒三片（干豆腐片、尖椒片、土豆片）、干豆腐炖白菜木耳、尖椒干豆腐、干豆腐炒肉、炖三片，黄瓜菜、拌凉菜、温拌三丝、炝三丝里都少不了干豆腐，每道菜都是我比较喜欢的，以至于我一个人吃饭时，是非三片莫选。如果是到饭店点菜，带干豆腐的菜也是首选，尽管点得很没有档次，但下得最快，通常是吃光了要再上一盘。前年暑期开学，我送孩子去杭州的大学报到，由于不习惯当地的饮食，到处找东北家乡菜，当时特别想榆树的干豆腐，可身在江南，哪里去找带干豆腐的菜啊！不得不在回家后，大吃一顿才算如愿以偿。

干豆腐除了炒、炖、炝、拌外，还可以卷葱蘸酱吃，如果是谁家办喜事，干豆腐、大葱、酱则是必不可少的，有的人干脆将干豆腐卷大葱作为主食。

1993年春，我家在镇上做起了小买卖，但仍没有放弃吃干豆腐的习惯。我们店离农贸大厅很近，经常挑认可的豆腐摊买干豆腐，中午饭时，赶上商店忙，就扒根大葱，打开一袋榨菜，卷两张干豆腐对付一顿，吃得也有滋有味。

2011年8月，我们举家搬到榆树市区居住，干豆腐依然是我家的家常菜。卖东西靠回头客维持，买东西去哪家也是一样。建华农贸市场里面有很多家豆腐摊，自从买了一回桂花摊床的干豆腐后，我们便成为这家的常客，宁可挤在人群里绕走一段路也执意买桂花牌干豆腐。

不但我对干豆腐情有独钟，不少身边的人也都偏爱干豆腐，即使是单位里省城来客，走的时候也不忘把榆树的干豆腐带回去品尝。

2013年劳动节前后，我参加了榆树市地税局、榆树摄影家协会联合举办的"税收助推民营经济发展，共建幸福榆树"摄影大赛，有幸对榆树的豆制品市场做了考察，接触到了"榆乡牌"干豆腐，走进了生产车间，看到了工人们作业的场面，拍下了数幅参赛图片，由此对榆树的干豆腐市场多了些了解，才知道榆树五棵树干豆腐已远销到韩国、日本，吉榆牌和榆乡牌干豆腐走进农博会展厅，并深受外商青睐。

去年春节前，在五棵树镇居住的朋友为我家送来了地产干豆腐，这种小纹干豆腐炖出的菜出锅后，吃着特别有味道，至今回味起来仍口有余香。

榆树是全国有名的大豆之乡，被誉为"天下第一粮仓"，榆树干豆腐是外界了解榆树的一张名片。榆树干豆腐，伴我40多年，从小屯到小镇，从农村到市里，每个时期都令人回味。每每吃到榆树干豆腐，都会勾起我浓重的乡情，都会唤起一段难忘的回忆，我将珍视这种情愫，让回味弥香久远。

载于 2015 年 4 月 21 日《吉林工人报》副刊头条

难忘老冰棍儿

前几天与朋友游览吉林市乌喇公园，时值中午天气正热，万分口渴之际看到了一群人在吃老冰棍儿，心想这下"救星"可来了，于是赶紧买冰棍儿解暑。

老冰棍儿为红旗牌，没有表层光滑的浮冰，也没有明显的奶味，口感爽甜清脆，冰凉可透入胃底，尽管身旁朋友一再阻拦，可我还是连续吃掉了五根，大有不吃够不罢休的气势。

咀嚼着冰棍儿，我联想起很多，不禁找到了幸福感，对朋友说："什么是幸福？就是在最需要时，得到了。"也使我找回了一种久违的感觉。

记得在我小的时候，对冰棍儿充满了极度的渴望。每当炎热的夏季到来，屯子里就能听到冰棍儿的叫卖声，如果是大人出去买回了一些冰棍儿，那是莫大的奖赏。后来到了能干农活的年龄，经常在周末随大人到田间铲地，突然传来卖冰棍儿的叫卖声，如同盼来了救星一样，一次能吃上两三根算是大饱口福了，虽然在那个年月，冰棍儿一根只有五分钱，但记忆中没有一次是吃够的，每次都是吃得舔嘴巴舌。

印象较深的是吃着异地的冰棍儿。在我十几岁读初中时赶上放暑假，经常去黑龙江省五常县城的大姨家做客，那里的牛奶冰棍儿特别好吃。每次赶上中午天正热时，我都要买下几根冰棍儿找个阴凉的地方坐下来吃，或者是守在冰棍箱旁吃够了再付钱。边狼吞虎咽地吃着解渴的冰棍儿，边涌起很多来县城的感受，看着穿着入时、气质不凡的城里人旁若无人地走过，心里涌起的是自卑，是羡慕，更有种强烈的欲改变现状的冲动和对未来的憧憬。

距离五常县城 25 公里有个安家站，我每次随大人去五常或者哈尔滨都要在此站乘坐火车，在车站候车室不时能看到十六七岁的女孩怀抱灵巧的卫生箱，穿梭在乘客中间叫卖着冰棍儿，女孩叫卖冰棍儿的声音带着种甜甜的奶味，"冰柜，冰柜"，总是把冰棍叫成"冰柜"。冰棍儿女孩的清新甜美形象，与这独特的发音，像是一种特别的符号，在我头脑中定格成一道最为美好的风景。

吃冰棍儿也能够吃出情趣。有时伙伴们吃冰棍儿打赌，俗称"吃呼"，就是多人吃冰棍儿，先不付钱，最后都吃完了让卖冰棍儿者指定一个人付钱，谁被指定上了就意味被"呼"上了，也有的卖冰棍儿者竟然将张罗"吃呼"的人给"呼"上了，那也没办法，只能怪卖冰棍儿者不明白规矩，自认倒霉掏钱作罢。

在我的记忆里，卖冰棍儿是农村孩子挣小钱的普遍选择，我的妹妹，还有我们邻居的小伙伴，都利用暑假期间卖过冰棍儿，一天下来哪怕是赚上五六块钱，对他们来说也是不小的鼓励，不但贴补了家用，上学的花销也解决了。很多年后我才意识到，很多家庭会过日子，有经商头脑，甚至将买卖做大，最早的赚钱意识有的就是在幼年卖冰棍儿时培植起来的，卖冰棍儿不可小视。

如今，随着生活水平的显著提高，许多人家都添置了冰箱、冰柜，足不出户就能达到冷饮解渴的目的，那种想吃冰棍儿吃不到嘴或者吃不够的年代已成为历史。尽管时下冷饮制品名目繁多，但老冰棍儿仍然以不同的包装符号占有一席之地，我想其中原因，除了老冰棍儿冰凉透爽和价格便宜，还有就是能够唤起人们对过去往事的回忆。

载于 2015 年 7 月 21 日《吉林工人报》副刊

家乡的粘豆包

　　东北人对粘豆包有着特殊的情结，我更是由衷地喜欢，特别在寒冬腊月里，吃上热气腾腾的粘豆包蘸白糖，别有一番滋味。

　　粘豆包，是我在进城后才改的称谓，当年在我们老家那一带，都叫它"黄面团子"。有先见的人家在春种的时候，要留出一块地种上麋子或者黏谷子，麋子脱粒后称"大黄米"，黏谷子脱粒后称"小黄米"，早期的粘豆包有"大黄米"面和"小黄米"面两种，后来又多了"黏大米"面。

　　每到年关，"大黄米""小黄米"格外畅销，没种麋子和黏谷子的人家用笨小米兑换，绝大多数人家都要淘米、烀豆馅，炕头摆满了盆，待黄米面发好后就进入包的程序。包粘豆包的场景也极为壮观，一家开包，家族亲属和邻里都来帮忙，夜晚大家边包着粘豆包边唠着家长里短，不知不觉两大盆面就被用完了。粘豆包有芸豆馅和小豆馅之分，有的人家在馅里面要加入少许糖精水，这样就免去了粘豆包出锅后蘸白糖吃的惯例。

　　头天晚上包好了粘豆包，第二天便进入蒸的环节，有的人家要蒸上几锅，刚出锅的粘豆包散发出浓香，被摆上大小盖帘，拿到外面或库房冻上，留下少许自己吃，还要分出几盘送给对门屋和要好的邻居家。此后，家里的大人、孩子时常将冻好的粘豆包拿屋来啃，并经常放进锅里热好后充当主食。

粘豆包还有两种特色吃法，一种是将其拍扁放锅里煎，出锅后的粘豆包就变成了黏面饼，因为加入了油腥，两面还带着嘎巴，甚是好吃。另一种是将粘豆包放在火枝子上，火枝子架在火盆上烤豆包，烤几分钟掉过另一面再烤，不出十分钟，烤熟的豆包结满嘎巴发出诱人的香气，每人只能吃一两个，弄得舔嘴巴舌。

粘豆包是农村家乡的土特产，很多农村人冬天里进城办事，几乎都要带些冻好的粘豆包送给亲属或朋友。尽管我远离家乡已有十几年，每年的冬天都能接到亲人送来的粘豆包。看似平常的粘豆包，有我绵延不断的乡土情结，我也通过送粘豆包的人，时刻了解着家乡的发展和变化。

载于 2017 年 2 月 8 日《劳动新闻》副刊

我与咸菜、酱

　　东北人盐重，对咸菜、酱的依赖程度远甚于对干豆腐卷大葱、猪肉炖粉条的喜爱，我是东北榆树人，咸菜、酱更是不可或缺。再美的宴席没有了咸菜、酱就像菜里少了调料，缺少很多味道。可一年前，一位朋友的忠告，使我不得不远离了它们。

　　去年立秋之前，我和许多同伴一样，还在公园锻炼场上活蹦乱跳，每天早晚陪大家踢着毽子，甚至重复危险的剧烈动作。直到有一天测出了高血压，才使每天进行的锻炼强度有所收敛。在一个晴朗的早上，朋友和我走圈儿，我们说起了彼此的身体状况，当他听到我检查出高血压时，立马阴起了脸，警告我别再踢毽子了，并嘱咐我赶紧降压。我不以为意，坚称没症状。这位朋友惊讶道，不怕有症状，就怕没症状，我可不是吓唬你，这病说不准啥时候犯，抢救都来不及。听完朋友的话，我赶紧去了高血压防治中心，并按医生的说法，采取低盐、清淡饮食，也就是从那一天起，我远离了心爱的咸菜、酱。

　　开始远离咸菜、酱，说起来有点悲壮。楼下有家小吃，是我吃面食经常光顾的地方，若在以前，三个小花卷、一碗豆浆、一碟咸菜，吃得很香，每次咸菜都被吃个精光。可这回不行了，只好撤下咸菜，豆浆里也不放糖了，一碗豆浆，三个小花卷，显得特别素淡，少了很多滋味，咽起来也相当费劲，没办法，为了降血压！

单位有顿免费的午餐，菜盆旁边都放有一个咸菜盆，里面有时是蒜茄子，有时是辣白菜，这些变着样的咸菜，无时不对我形成诱惑，而我不为所动，丁点儿不沾。在家里，咸菜早已被撤下了饭桌，零星的大酱为妻子专用，我只能享用她为我用酱油稀释的黑芝麻酱，虽然小菜和黄瓜蘸上去淡淡的，但我已经习惯了这种口味，了解我的亲属都赞叹我的毅力，说我告别了咸菜、酱可真不易。

遥想当年，我们家对大酱是一天都舍弃不下的。春节前就把酱豆烀出来，然后包好放在柜顶上发酵，过完年赶在四月十八前再将酱块下到缸里，等新酱能吃了，也正是黄瓜、辣椒下来之时，大酱正好派上用场。多数人家做菜炸锅用大酱，菜下锅后还要放盐，与桌上的蘸酱菜相匹配的，还有酱碟或酱碗，这饭桌才算丰盛完美。讲究的人家，一年四季不断咸菜，咸菜的花样层出不穷，大头菜、苤蓝疙瘩、大萝卜，都可做成咸菜，秋后早早地腌制起酱缸咸菜，整黄瓜、黄瓜妞、小辣椒、小茄蛋，胡萝卜、扁豆角、芹菜叶、芹菜根都可装袋进入酱缸。早年冬季里没有青菜，这些酱缸咸菜配合着储存的土豆、白菜，丰富了家家户户的饭桌。如果饭桌上多了大萝卜和大葱，那是必须得有大酱配合的。

记得 20 世纪 80 年代初刚分田到户时，父母下地劳动天黑才能回家，放学回来的我经常饿着肚子，所以不得不掐点嫩葱叶，揪几个青辣椒，蘸着大酱，吃着剩米饭泡水，凑合个半饱。平时的茄子酱、土豆酱更是百吃不厌，即使在很少有肉下锅的日子里，有咸菜、酱的饭菜吃着也特别香，以至于结婚后搬到城里居住，还时常怀念农村的大锅饭菜。每次回到乡下，一再嘱咐亲属别买大鱼大肉，能吃到当年的扒茄子、土豆酱，再加点蘸酱菜就胜过山珍海味了。回城里时，也不免带回来一桶大酱，有时亲属进城，也时常带来园子里的新鲜蔬菜。

　　春节后我去了趟省城医院，又检查出了房颤和心肌缺血，思前想后，总觉得这些病情和这几年的大吃大喝、盐精过重有关。我有个老乡胸前痛时住进医院，地方没检查清楚又来到省城，结果造影检查管腔狭窄堵了将近90%，做了两个支架花去七八万元，幸亏治疗及时，否则随时有失去生命的可能。我的这位老乡年长我三岁，20年前就是饭店的常客，吃饭必有咸菜、酱。这些心脑血管疾病的形成是和饮食不当有很大关系，随时可能出现的生命危险，使我不敢再漠视健康、忽视饮食，只能一面积极治疗，一面合理膳食、谨慎用盐了。

载于 2017 年 1 月号《长春文化》

西葫芦土豆汤

西葫芦并不是我最为喜欢的菜，但由于一种特殊的情结，我对它特别青睐。记得在我很小的时候，西葫芦就和柿子、茄子、辣椒一样，是每个农家的家常菜。给我印象最深的是这种作物常常栽种在田地的栅栏边，到了瓜菜下来的季节，栅栏里外便爬满枝蔓。

西葫芦适应能力极强，除了栽种在栅栏边，很多人家也喜欢把它种植在柴草垛和粪堆附近。到果实成熟季节，眼望柴草垛，垛上垛下都是西葫芦秧，仿佛给柴垛披上了一层绿色的盛装。大小不等、形状各异的西葫芦密集分布，随处都是西葫芦成长繁殖的天然土壤。从农村走出来后，这些情景只有在偶尔回老家时才能看见，每当看到这种作物悬挂满枝时，许多童年的情景以及与西葫芦有关的联想便一同浮现，勾起很多难忘而有趣的回忆。

昨天下班，妻子和我从菜市出来时，就商议着晚上吃什么菜好。我突发奇想提出吃西葫芦土豆汤，立刻得到了妻子的赞同，可为了一顿晚餐总不至于再返回菜市场去买吧？昨夜写文章睡得太晚，以至于今天早上还昏昏沉沉。我恍惚听到妻子起床的声响，她问我今早在家吃不，她去市场买西葫芦熬土豆汤。我似醒非醒地哼了一声又昏睡过去。过了很长时间，我略微听到了厨房里传来的响动，继而是她间断叫我起来吃饭的声音。我起床简单洗漱，这时妻子已把桌子的碗筷放好，香喷喷、冒着热气的西葫芦土豆汤勾起了我的食欲。

这是一顿几年来我吃得最有滋味的早餐。我咀嚼的不仅是喜欢的美味，还有悠远的记忆，更有一份她的爱意深含里面。

载于 2014 年 11 月 5 日《长春晚报》副刊

端午节的记忆

端午节这天，我回了一趟泗河老家，在经过吉林村时，被东面的一座山林吸引住了视线，这里被称作老虎南山，意即老虎屯南面的山，是每逢端午节当地人必去的地方。

采艾蒿是端午节主要的风俗。有一年端午节，我起得很早，骑着摩托车直奔镇街道西南面的老虎南山。一路上，街里来的人特别多，女孩们穿戴花花绿绿，引来不少关注的目光。来的人有的开着轿车，有的骑着摩托，更多的则是结伴步行。老虎南山方圆不大，山上随处可见采艾蒿的人，来早的人手持艾蒿一大把，来晚的人没采到艾蒿两手空空。而我呢，采了一把酷似艾蒿的绿植正满心欢喜时，被熟人认出这不是艾蒿，一气之下全扔进了沟里，而后向熟人借来真正的艾蒿，认真比照着重新采摘。采摘不足，又从熟人手里拿来几根，带着这些战果返回。到家后，把艾蒿插在房门上，洗脸时揪点艾蒿叶放入脸盆里，据说用艾蒿水洗过脸后，晚上睡觉不招蚊子。剩下的艾蒿在房门上继续插着，直到叶子干巴得掉渣才拔去扔掉。夏天的夜晚，乡下人都怕蚊子，而我却极少被叮咬，所以我很相信艾蒿的驱蚊作用。

对端午节的早期记忆，还有戴五彩线。青、白、红、黑、黄五个颜色的线拼接起来煞是好看，戴在手腕、脚脖上，我也在脖子上挂过。当时我不知戴这些东西有什么具体含义，只粗略知道是给我们小孩子用的，有管病的意思。

端午的记忆里还有粽子，粽子是邻居七婶儿送过来的。七婶儿勤劳能干，做吃的很有一套，至于她在哪里弄的嫩芦苇叶、怎样拌馅、怎样费事的包和蒸，我没有看到，因为"僧多肉少"，可够吃是不可能的，只象征性地吃上一两个，就算是过节了。

妻子是个很注重仪式感的人，每到端午节临近，她宁可牺牲早上锻炼的时间也要到集市上挑选葫芦，所以没等到节日当天，家里的落地窗下、几个门口就挂满了鲜艳的葫芦和荷包。用她的话说，过节就应该有过节的气氛。

我是个闲不住的人，搬到城里居住的这些年，每年临近端午节，都满怀兴致地带上相机，到小摊前拍一些人们选购葫芦的情景，去早市拍市民买粽子的场面，到棚户区拍住户大门上垂挂的葫芦，这些带有民俗色彩的纪实图片，前几年是在电脑上整理后传往网站论坛，或者发到 QQ 空间，这几年发微信朋友圈和快手、抖音平台，但不管怎么"处理"，我都觉得自己做了件非常有意义的事情。

又闻艾蒿香，合家过端午。琳琅满目的葫芦闪入眼帘，成为节日里一道亮丽的风景，有关于端午节风俗发生的记忆又开始在头脑中浮现。

载于 2016 年 1 月 26 日《吉林工人报》副刊

记忆中的腊八

腊八，是农历腊月初八的简称，也是一年中最冷的一天。这个日子于我有种刻骨铭心的记忆，不仅是我在腊月出生的缘故，更有很深的情结融进了我的血液里。

农村有"腊七腊八，冻掉下巴"的说法，这种冷我早已领教过了。大概在我十岁的时候，东北的冬天温度特别低，外面是寒风刺骨，满院子堆着雪，想去厕所都憋着不愿意出去，厚厚的棉袄顷刻就会被冻透，把手退回袖筒里都还觉得冻手，呼出的哈气瞬间都能结冰，脚就更不用说了，最先冻的是脚尖，站一会儿就得跺跺脚，生怕把脚冻伤。那个时候没有暖冬，一大早，在屯中偶尔可见勤奋的老人拎筐捡粪，抑或屯中有人匆匆行走，也是着急去别人家办事情。

此后，每年的腊七腊八，我都下意识地比较着天气的寒冷程度，离开农村，来到镇上、市里，感觉一年不比一年冷了，甚至有的年份雪量较少，也不像个冬天的样子了。

腊八的早上，在吃的方面要应节气。有的地方吃腊八粥，而我们乡下普遍吃黏米饭，里面放些许豆粒，吃的时候拌上荤油，特别有味道。后来逐渐取消了荤油，放上了白糖，更加具有口感了。当年物质匮乏，冬季里没有什么菜，一顿黏米饭便是最美的享受。黏米饭有很强的诱惑力，经常是吃完一碗还想吃，一旦吃过量了，味感上和身体上都觉得不太舒服。其实，最美的感觉就是吃个新鲜，什么东西食用过量都会失去先前的滋味。人过中年，身体会有很多不适，开始养生了，才回味起当年怎么那么能吃荤油呢，放到现在是根本不可以的。

　　每年的腊八，我都能想起一位可敬的伟人，这个伟人便是周恩来总理。有一年的腊八节，还没等吃上黏米饭，就从收音机里传来周总理去世的消息，当时的我才7岁，有一种天塌下来的感觉，一旁的父亲边述说着周总理的美德，边回答着我的疑问。若干年后，我查了日历才知道那是1976年，腊月初八也是阳历1月8日，是他老人家逝世的日子。自此以后，腊月初八和1月8日，我都会想起敬爱的周恩来总理，这种思念的情结一直延续至今。

载于 2021 年 1 月 18 日《劳动新闻》副刊

又到挖菜季

几场春雨洒过，几阵春风刮起，天一天天变暖了，田野里的雪被抽干，大地复苏，冰河解冻，山坡上拱出了一抹抹新绿，马上到了挖野菜的季节。

我是农村里长大的孩子，对春季挖野菜一直保留着原始的冲动。小时候的家乡土地肥沃，荒野、沟坡众多，随处可见婆婆丁、小根蒜，我也时常挎上小编筐跟随伙伴们去挖野菜，发现目标的那份欣喜自不必说，有时连片的小根蒜令人目不暇接，大家比较着谁挖的小根蒜头大，谁收获的婆婆丁多，回到家将洗好的野菜鲜亮地摆上餐桌，心里的那份高兴劲就别提了。后来分田到户，路边、树带、荒坡等能够生长野菜的地方多被开垦起来，加上农田里大量使用农药，野菜逐年减少，即使到离村子很远、人迹稀少的地方，可挖到的野菜也为数不多了。

1992 年的春天，我们搬到镇上居住，每逢春季来临，妻子便首当其冲去挖野菜。由于近处找不到野菜，我便充当了司机，驾驶摩托带着她走几十里路。她在前面挖，摘好后放进袋里，我则担当运输的责任，拎着袋不离她左右。后来进了城，随着摩托车被淘汰，出去挖野菜几乎成为奢望。我们一直没有间断吃野菜，但从菜市上买来的和亲自去野外挖回的，吃到嘴的味道自是不同的。

2013年5月的一次出游弥补了缺憾，我们去的地方是哈尔滨阿什河畔的伏尔加庄园，庄园分布着多处水面，岸边生长着各种杂草和野菜。一个多小时的游览结束后，妻子不顾休息，找出了方便袋，又带上水果刀，沿着水面四周挖起了野菜。我则端起单反相机，在离妻子不远的地方一边拍庄园风景，一边拍妻子挖野菜的场景，半个小时的工夫，野菜就挖了半袋子。

挖野菜的过程其实是最快乐的，沐浴着微风，暖暖的阳光打在背上，时而遥望远方的原野，心情格外舒畅。尤其是带着期冀寻找那一株株新绿，磕磕打打后装入袋中，想起一路的收获，自有一番惬意在心头。

去年秋季，我和妻子双双考取驾照并买了新车，每当议论起车辆的用途时，都不约而同地说这回可以出去挖野菜了。是啊，带上吃的、喝的和愉悦的心情驾车春游，在大好春光里挖野菜，感受浓浓的春意，何尝不是最美的享受。

载于 2016 年 4 月 12 日《吉林工人报》副刊

家乡发展

相约美丽乡村

——榆树市作家协会 2020 文学采风纪行

时值盛夏，被誉为"天下第一粮仓"的榆树大地上，一片葱茏繁茂，玉米正在拔节、水稻已待吐穗，满目绿油油的庄稼，像凡·高笔下的浓重色块，与阡陌纵横杨柳成荫的道路错落有致，与红瓦白墙的村庄交相辉映，勾勒出了北国乡村一幅唯美的盛夏写意画……

榆树市作家协会"相约美丽乡村"2020 文学采风活动正在进行，30 多名作家用两天时间深入乡村，与农户唠家常、看变化，充分感受到榆树市部分乡村在环境整治、精准扶贫、乡村振兴等工作的发展变化，无不为榆树市各级干部的踏实作风所折服、无不为榆树市乡村容貌的变化所感叹、无不为榆树市脱贫攻坚的成果而称赞，一路笑语、一路收获，总觉得和农民聊天没唠够、乡村干部的工作介绍没听够、农村的发展变化没看够，大家一致认为，这不仅是一次集体采风，更是一次作协会员集体学习的机会。

秀水——隽秀之水展新容

采风团抵达秀水时，镇村的接待同志早已在路口迎候，相互自我介绍后，我们径直朝双庙村走去。宽敞明亮的村部、图书馆、医务室、展示板一应俱全，各类数据简单明了，看着墙上的数字和标志就知道每项工作完成如何。村书记陈荣春热情地向大家介绍着村上的基本情况和变化过程，几年来修路建桥，国家投入扶贫资金320万元，实现了水泥路屯屯通，长春文广新局又帮扶100多万建村部、为贫困户建房，解决群众医疗保障和饮用水安全等问题。一位农民老乡说："我们这里以前没有正儿八经的桥，河沟上只腾几块木板走人，如果出车就得从秀水街道绕过去，出行非常不便，这桥修上了，我们村民的心一下敞亮了。"

在一户已脱贫的农户家中，我们看到了墙上的贫困户基本情况信息单，得知这户有四人帮扶，"两不愁""三保障""小学教育""大病保险""转移就业""项目分红"等项全部打勾。

早就听说秀水的富岭有棵200余年历史的古榆树，我们怀着朝拜的心情去观赏，远远就可以看见它撑起的大伞，硕大的枝丫把道路环抱在身下，这棵树的附近发生过猎人与狼搏斗的惊险故事，有着抗联活动的记录，还有被日本人锯掉枝丫的遭遇，这些故事和史实都让我们对这棵古榆产生了敬畏之心，它历经沧桑仍顽强地伫立在那里，护佑着这块乡土，这不正是我们榆树人坚韧不拔的性格写照吗？

来秀水，老干江是必到的，这个松花江的分汊是秀水打造的乡村旅游点，从镇区到这个地方7公里的道路，两侧已被鲜花布满，红黄色的花朵肆意开放，与两边的绿树相映成趣，加上近百盏路灯的点缀，构成一道绝妙的乡村图景。未到江边就感到了江风拂面，到了江边就吮吸到了空气的甘甜，荷花池、木栈道、观景阁、铸字石等景点加上彩旗布衬其中，大有"水村山郭酒旗风"的意境，美食广场、二人转演艺、逍遥椅、秋千台让你观、游、玩、吃一体，看到这一切谁能说这不是乡村旅游的好去处呢。

是啊，乡村振兴就是要发挥自有优势，挖掘比较优势，创业保民生，助推经济发展。

秀水，你一定行！

五棵树——榆树卫星城

五棵树，是全国百强镇、改革试点镇，这里交通便利，产业发达，央企、国企、民企，企企入驻；造酒、养牛、豆品，业业兴旺。我们采风团抵达时，时间已晚，镇领导建议我们直接去江边走走，刚刚的一场细雨洗落了满天的尘沙，这时的空气显得格外清新。大家沿着滨江路步行，不时向右面的湛江寺张望，恍惚中觉得湛江寺又向西面延伸了。人们走下街路来到江边步道，感觉这步道也比过去增高了。江水变得清澈，不时有大小船只往来经过，岸边的步道上，有人悠闲地漫步，偶尔依着栏杆拍照。餐饮摊床多了起来，个别摊床的挂幌也采用仿古风格，宛如置身江南小镇。滨江路上，不时可见游客三三两两悠闲地蹬着旅游车穿梭，脸上洋溢着温馨与惬意。

在江边旅游区打造上，五棵树镇搬迁了砂石场，修建了江边护坡护岸，拆除了违规建筑，安装了路灯，开展了大规模的美化、绿化，修建了高标准的滨江路及人行步道。

镇领导向我们介绍，他们正在积极运作"江边一日游"项目，计划尽快完成"榆五一体化国家农业影视产业集聚区"项目。届时，完成江心岛开发，建成现代农业采摘园、冰雪游乐园等旅游娱乐项目，将五棵树江边打造成区域知名旅游胜地。

采风团的队员被他们的规划感染着，为他们的憧憬激动着。我们想，有国家政策的支持，有群众的市场需求，有市委的重视，有镇领导班子的不懈努力，这张蓝图很快就会色彩斑斓。

永利——环境整治的缩影

7月19日采风团一行到恩育乡永利村，刚入村口，"永利村人民欢迎您"的牌门异常醒目，宽阔的道路和两侧的鲜花使大家放弃了坐车，一路步行进村。

在四家子屯头，迎面遇上了一位叫刘占福的村民，他热情地给我们做起了解说。宽阔的水泥路面干干净净，两旁的排水沟统一用水泥砌成，沟的两侧是用丝网圈起来的万年红等花草。门前三块行牌格外醒目，路旁的风景树叶片泛黄，构成这里独到的景观。还有吸引人的宣传壁画，充溢着很强的文化气息，生动有趣，耐人寻味。

三道屯道路两侧的花朵更艳，院墙统一砌成三块砖高的底座，黑砖勾白缝，对称分明；上面的角铁等距焊接，一律粉刷成白色，与黑色的大门、白色的墙墩色调和谐，有点徽派建筑的味道。崭新的绿色垃圾箱有序摆放，上面"净起来、绿起来、美起来"的醒目白字让人看了格外舒服。

在村部，老书记王泽才向我们讲起创业史。为了兴建村部和文化广场，在三米深的大坑里填了4000多车土方，在举债几十万元的情况下，带领村组干部艰苦奋斗，仅用三年的时间还了外债。全村的净化、绿化一年一个样，先行一步美了起来，受到市领导的高度赞扬。2019年10月，中共长春市委、长春市人民政府授予该村"长春市美丽乡村示范村"称号。

一个村、两个屯的旧貌换新颜的变化，我们看到了、听到了、感受到了，乡村振兴已从这里起步，环境整治已是常态保持，我们从心底说一声，乡村干部你们辛苦了！

永生——可复制的典型

刘家镇永生村，几乎成了榆树市村级变化的一个传奇，这个传奇源自现任支部书记王艳凤的掌印，及长春市委原书记王君正的包保，采风团对这一站活动充满了期待。到了永生，眼前的情景没让我们失望，清一色的水泥路、路灯、树木、鲜花，让你目不暇接，如果不是那一排排农舍在提醒着你，你一定误以为走进了一个新兴的旅游庄园，花海里牡丹、芍药、百合、薰衣草等五颜六色、次第开放，十几公顷水面的水库坝平水满，五保老人公寓、幸福大院都充满了欢声笑语，偶遇的村民都面带微笑，展示着他们的幸福。

永生的党总支书记王艳凤介绍说："我们用了三年多的时

间完成了计划十年才能完成的发展任务，这些成果得益于国家的好政策，得益于长春市委的包保支持，得益于榆树市委的关怀，得益于社会力量的帮扶，得益于村民的共同努力。现在来我们这里旅游的多了，投资的多了，苗木基地、蔬菜大棚、服装加工，这些适合村屯发展的项目一个一个落地，我们永生村的未来肯定会越来越好。"说到此，这位全国人大代表女书记发出了爽朗的笑声，笑得自信、笑得自豪，我们觉得这笑就是永生村全体村民的表情符号。

两天的采风活动结束了，作家们意犹未尽，村屯的美化、绿化让大家激动，一串串的帮扶故事让大家感动，乡村各项工作的发展让大家深受触动。肯定地说，市作协"相约美丽乡村"采风活动走过的、看到的、听到的、感受到的只是榆树市环境整治、脱贫攻坚等各项工作发展变化的一个缩影，很多更好的典型、更多的事例、更大的变化，我们没有时间和机会去见证，全市围绕乡村振兴、富民强市的战略工作，每项都在如火如荼地推进，并不断取得阶段性成果，很多乡村的各领域实现着跨越式进步、跳跃式发展，"净起来、绿起来、美起来"的三年工作目标，多数村屯已一年实现，标准高、效果好，这是市委、市政府对榆树市工作科学定位、精准指挥、务实常抓的结果。我们也更清晰地感觉到，哪里干部作风越实，哪里群众的配合度就越高，哪里工作效果就越好。这些引外援、借势而上、借力发展的乡村典型，不正是给我们的工作启示吗！

采风活动对于每位作家来说，都是一次视觉体验、一次精神洗礼，那些精彩的画面写不尽、说不完，远远超出了我们的预想和期待，让我们用心中的情、用手中的笔尽情描绘松花江畔这片肥沃的黑土地，以及团结豁达、坚韧争先的榆树人。我们相信，在广大干部群众的共同努力下，榆树的明天一定会更加美好。

载于 2020 年 7 月 29 日新华网

又回家乡

今年五一，我又一次回到了家乡，映入眼帘的是一幕幕喜人的情景：一个个农家小院，苞米楼里的玉米黄灿灿、亮晶晶；宽阔的水泥路上，大客车将远行归来的人们送到家门口；父亲的小卖店依然营业着，红红火火，到处呈现出一派繁荣的景象。

对于玉米，我有种特别的情愫。20世纪60年代末，我出生在榆树乡下一个偏僻的小屯，十多岁的我，经常参加生产小组的劳动。种玉米时，我是"半拉子"劳动力，前面的人刨坑，我在后面撒籽、铲地、追肥。后来分田到户，我更是被家里当作主要劳动力使用。最难的是春起整地，玉米茬子刨出后，要用铁齿子凿去上面的土，有时用手拾起反复敲打，划破手是经常的事。有一年我和母亲到远一点儿的地块压滚子，肩扛麻绳，像拉纤一样在垅沟里前行，回家后清晰可见肩膀被勒出的印痕。庄稼快成熟时，还得"看青"，记得我家有块地还没动手收割，就让人掰走了几十穗玉米棒。父亲急了，拽上我一起看护，白天偷偷看着，晚上进地里潜伏着，连续蹲守了两夜，也没逮着人影。秋收时，我加入抢收行列，起早贪黑，弯着身子扒玉米，也抄起镰刀，像大人一样割秸秆放铺子。

斗转星移 20 年，当 2007 年我回老家时，所见到的农村劳动就完全是另一番景象了。春耕整地时，农用机械整地、深施肥一次性完成；播种也是大面积机械作业，几乎看不到人工刨坑；农闲时也不用看青了，粮豆富足，不用担心粮食被偷。收割时能直收的地块全部采用收割机，只有偏坡、洼地等不好收的地块偶尔能看到人工操作。过去的责任田拖住了一家人，如今一个家庭妇女可以经营十几垧地，有很多农户把地承包给合作社的农机大户，解放出大批劳动力进城务工，带回来不菲的家庭收入。人们的饮食得到极大的改善，过去饭桌上的小米饭、大碴粥、玉米面饼子、高粱米饭早已被大米、白面取代，一年四季足不出户就能吃到新鲜蔬菜，鸡鱼肉蛋想吃就吃。

水泥路是农村变化的亮点，通向老家的主路宽阔平坦，几条巷路也是鸟枪换炮，一直修到路的尽头，这在过去是不可想象的。当年，农村里遍地是土路，下雨后泥泞不堪，晴天留下很深的车辙，车辆经过颠簸不止，"晴天一身土，雨天一身泥"是对农村土路最真实的写照。15 岁时经历的一件事至今记忆犹新，当时我家开着白酒作坊。春天的一个早上，父亲准备出去送酒，早饭后他套上骡子车，将车上的大水袋灌满了白酒，足足有三四吨重。当车辆走出家门，在屯西头的土路上爬坡时，由于路面不平，来回颠簸，造成水袋一角断裂，白酒顿时像决堤的洪水一般，顺着坡路流淌，远远地在屯子里都能闻到酒味。父亲瞪着水袋欲哭无泪。就是这条路，后来被修成沙子路，又改修成水泥路，晴雨通车，再也不用担心雨天拔不出脚和车辆在路上颠簸了，屯里很多家除了农用车，还买回了轿车，出租车随叫随到，大客车直通家门口，当天就能往返长春和哈尔滨。

这次回到老家，我最欣慰的是父亲经营的小卖店。父亲是个刚强的人，自食其力不拖累儿女。1998年春天，由于弟弟结婚盖房，父亲欠下一些外债。他不服输，凑钱进货赶着毛驴车走村入屯叫卖，后来年岁大了在家开起小卖店。那些年农民种地不剩钱，出去打工收入少，小卖店赊账多，到年终，齐账成为头等难题。有的人家欠账不能全还，剩余的转到下年，赖账者也大有人在，拌嘴打仗是常有的事。我多次劝说父亲晚年省点心，小卖店别开了，免得生气。可父亲不肯放弃，硬是坚持了下来。这几年只要回老家，我都详细问起小卖店的情况。父亲欣慰地说，这十来年情况好多了，赊账的少了，也没有赖账的，很多人家让赊都不赊，有了钱就主动给送来，特别省心。我想，主要还是农民们的日子好过了，不缺钱了，所以人都很讲究。

在小屯住了两天，我感慨最多的是这里的住房变化。曾经在全镇是最穷的一个屯，土坯房是这里的标配，能住上砖瓦房的农户寥寥无几。后来国家实行泥草房改造，为建房户配套资金扶持，小屯这才一年一个变化，砖瓦房取代了很多泥草房、土坯房。2018年，老家所在的村被确定为市级贫困村，实行精准扶贫，最后剩下的几个特困户，由于政府补贴，也都住进了彩钢房，就连家家户户的厕所，也是统一的制式，小小的屯落，面貌全新，令人眼前一亮。

我抽时间去瞧看了七叔，75岁的他由于腿部残疾平时很少出屋，很难想象当年生产队里公认的"打头人"竟然失去劳动能力。好在村里对他很照顾，连续几年享受着低保待遇。而屯里过去一直很难翻身的贫困户，也在村干部的扶持下，有了项目收入，顺利实现了脱贫。提起现在的政策，七叔不加掩饰地夸赞着"共产党好""国家政策好"，我想这绝对是从他心底发出、真心感激的话。

离开老家时，已是傍晚时分，我依依难舍。家家户户冒起了炊烟，晚霞映红了半边天，将家乡的小屯罩上迷人的色彩，我陶醉着，为这绚丽的晚霞，更为家乡人的富足。

吉林省总工会《今天》杂志社
"永远跟党走·建党100周年"有奖征文三等奖

充满魅力的文化之乡

初秋九月，云淡天高。为响应第七届吉林省农民文化节的要求，榆树市作家协会策划了深入生活采风活动。9月13日，采风团由10名作家组成，前往榆树市东大门于家镇，开启了以"一路向阳　幸福于家"为主题的文学采风之行。

于家镇于我并不陌生，情结之深要追溯到十几岁时的学生时代。因为我的老家远离榆树县城，无论是过年赶集，还是远行购物，去五常的时候比较多，而于家则是必经之路。冬天坐马车去五常赶集，从雪路抄近才20多公里，沿途经过三道、五家两个村六七个自然屯；夏天去五常走公路，骑自行车需奔行30多公里，到了于家还有一半路程；参加工作后，五常通了客车，要经过孙成岗、高家、乔家等村庄，寒来暑往，从车窗向外望去都非常亲切；后来家搬到了榆树，每年去五常至少也要两三次，一路驾车行驶，抚今追昔，浮想联翩。

而今去于家镇采风，倍觉亲切，仿佛故地重游一般。大半天的时间，乘车在于家镇几个村屯穿梭，望着宽阔平整的村屯道路，感受优美整洁的人居环境，看到实实在在的脱贫成果，聆听行之有效的乡村治理，一路感慨万千，而最触动我的则是这里的文化，是由外及内的底蕴。

采风首先来到恒道村，这是我从未去过的村落。在小恒道屯时，一户农家小院吸引了众人的视线。三间明亮的砖瓦房前，一些绿色植物的枝蔓被主人巧妙地牵拉成一个造型，既像支起的葡萄架，又似点缀门前的庇荫棚，形状像站立着的骆驼，又像一前一后行走的马匹。大家纷纷赞叹主人的创意，也为小屯这一新颖的文化符号所折服。几名女士兴奋地摆出不同的姿态让我们拍照。谁肯错过如此匠心美景呢？大家干脆拉起横幅，在造型下一起合影。于家镇在环境整治方面，已由过去的管和治，向村民自觉参与、主动创新转变，这种变化特别难得。

当来到横道村部时，简易的仿古门脸彰显着文化气息。五个月亮门下分别垂挂着红灯笼，里侧是办公室走廊，几个屋子设置也别具特色。走出房门，后院是个偌大的一个场院，正南方墙上写有"百善孝为先 执政先为民"的百姓大舞台。西侧的厢房门口挂着两块牌子"农民工之家""文化大院"。进了门，红色大字"农民工大舞台"赫然醒目。村干部介绍说，来这里经常参加演出的有60人，都在秧歌队，逢年过节、重大节日都有演出。村干部指着后面的舞台说，一个月前这里搞了两场演出，节目都是村民自编自导自演，歌曲、快板、二人转、小品，节目不仅逗乐，还令现场的每个村民非常动容。镇包村干部说，文化自信在这里有了初步体现。

放眼屋内的墙上，有两块图片展区引起我的兴趣，其中一块是"美丽庭院 干净人家光荣榜"，两侧写有"争做美丽家园的创建者，争做村庄整洁的先行者"，中间排列着95张图片，每张图片代表一个家庭，户主手持"干净人家"字牌，一旁标注有组别和姓名。难怪家家户户的门前干干净净，路面不见垃圾，原来动力在这里。另一块展区写有"家和万事兴　家人的风采"字样，里面有村容村貌、劳动场景和演出镜头。这是村民活动的记录，也是正能量的弘扬，我们对这项做法给了个大大的赞。

临走出村部时，墙上的一张表扬信把我们吸引过去，信是一名老上访户写的。问起其中缘由，村书记王桂臣道出了原委。恒道村老书记王青在村屯环境等各项工作上有很好的基础，卸任后，这个村在三年里更换过七位书记，村民混乱的状况依然没有多大改变。2013年4月王桂臣被选上后，决心把老书记留下的传统发扬起来。扶余志愿者用"五伦八德"打造家庭邻里关系和建设村屯环境的做法给了他启示。王桂臣先后多次带领班子成员、党员和村民代表去扶余县肖家乡王家村参观、考察，最多一次组织了1200多人，又多次邀请国学讲师到村里宣传国学传统文化思想及村屯治理内容。村民们受到触动很大，听完讲座后，有位妇女联想到自己家，认为对孩子没照顾好，对老人没尽到孝心，对丈夫做得很不够，说着说着便失声痛哭。村里还为去世老人的家庭补助火化车费，对参军、考学的家庭给予奖励，协调有关部门修了一条15公里的水泥路，没用群众摊一分钱。党员干部和群众的思想觉悟、道德水准提高了，家庭邻里关系和睦了，社会矛盾得到了化解，群众主动向村委会捐款、捐物，一致倡导建设美丽村屯、打造人居环境。一些老上访户对村干部的态度也发生了根本性转变，村民王某连续三年告村书记的状，这次态度来个大转弯，在给村领导的表扬信中写道："恒道村班子放光芒，心中能把百姓装。大桥水泥路全接上，百姓走着水泥路喜气洋洋……"

将近中午，大家来到小新村一处在建场院。远远瞧见两排红砖房，前面这栋房顶披着稻草，后面一栋上面盖着黑瓦，完全是复古风格。镇长王志远介绍说，这是浙江金龙马影视集团在这里兴建的影视基地，在附近种植100公顷大果榛子，准备打造乡村旅游。

走进红砖房屋，老式锅台已搭建完毕，木质窗户还没有安装，那边几个村民在用报纸糊棚，这边几个力工在搭建炕洞，一旁是影视策划老师在现场指点。据了解，最近几年将在这里拍摄5部电影、电视剧，其中《我和我的母亲》《古榆下的老井》作为100周年献礼影片，今年10月中旬就能开机。《我和我的母亲》有的故事取材于光明小乡齐殿云的经历。数字电影《王成的战友》以榆树籍全国特级战斗英雄张国富为原型。电影《风卷那个雪》反映的是宋江波、曹和平等几位知名人士当年下乡到榆树的知青生活。电视连续剧《俞家大院》原型为黑林子太平川于府。这几部影剧均为张伟编剧，宋江波导演，拍摄的镜头将取于闵家、五棵树、土桥、于家等部分乡镇。《古榆下的老井》计划启用榆树籍演员杨忠勋、杨茗越父女俩及王成龙，让我们拭目以待！

离开影视基地，我们驱车返回于家镇政府。回想一个上午的奔行，令我惊愕，我惊喜于这里发生的变化。所走过的每个地方，都能看到鲜明的文化符号，到处流淌着文化的元素。于家，是充满魅力的文化之乡！

载于 2020 年第 5 期《艺点文化》

醉美花园山

蹚过了多年的岁月之河，因为没有去过名山大川而自嘲过浅陋，也由于对家乡景点的漠视而倍觉遗憾。直至走进了不惑之年，才有机会去一些地方，才晓得我们榆树原来也是人杰地灵。纵然这样，还误把花园山当成小乡展馆西面带有索桥的弹丸之地，当真正知道了确切地点后，又跃跃欲试，梦想着有朝一日去拜访花园山。

2013年的晚秋时节，一个偶然的机会，我们几个喜欢摄影的"闲人"，搭乘朋友的车赶往花园山。由于是午后出发，到达时已是下午，见到的是晚秋凄清景象。为了一览花园山全貌，我们来到了防火架前，我和朋友身背单反相机，小心翼翼地攀缘而上，当两手扶住铁架的刹那，刺骨的冰冷顿时凉遍了全身。我们费力地爬到了架顶，跳入眼帘的是枫叶落尽的山峦连绵起伏，田间的稻子已经收割得干干净净，玉米地里燃起了滚滚浓烟，甚至可以看得见通红的火苗，闻得到刺鼻的烟味。我们举起相机不停地拍照，自认为拍到了恢宏的景观。由于天色向晚，我们随后只沿着山路转了转，为随来的朋友拍了一些写真，便草草返程，此行觉得花园山除了一些树木，没有什么特别引人注目之处。

2014 年国庆假期的最后一天，我随榆树摄影家协会采风团再次来到花园山，这个时节花园山最大的亮点就是观赏红叶。正好那天日朗天晴，云淡风轻，大家时而走在山路间有说有笑，时而钻进不同的角落里取景拍照，遇到鲜艳一点的红叶谁都不肯错过，爱留影的女士更不忘将美姿展示给镜头。虽然观赏到的是美景，但陶冶的是心情。这种采风跟一般的随团不同，跟摄影人在一起，你只管尽情地拍，把风景拍到极致，不必考虑去追团。在追逐光影构图的同时，心灵也得到了陶冶和净化，一片普通的落叶、一株散落的不知名的野花，都会激发你拍摄的兴趣，而拍摄中或坐或卧，全然顾不得身下的是水草还是脏兮兮的泥土了。

去年五一前，无意间在《榆树人》杂志上看到了老作家杨子忱写的《梅花山记》，看到结尾才知道原来梅花山就是花园山的前身，想不到这里竟然埋葬着于家的祖坟，于家的起落又在我的头脑中泛起了波澜，我也瞬时萌生起再去花园山寻访的想法，而四个半月后的榆树市文联组织的"大美榆树行"花园山采风，恰好满足了我。

那是阳光灿灿的一个上午，来自榆树市文联各协会的骨干代表同市文联、市林业局、市旅游局、市委宣传部领导一道，来到了风景秀丽的花园山。车辆在一处宽阔的路面停了下来，文联宋东安主席的几句开场白使大家备受鼓舞，随后精神矍铄的 78 岁老作家杨子忱打开了话匣子，花园山名称的由来，于家祖辈怎样在黑林太平川落脚，于家后来经历了怎样的兴衰，老人家如数家珍、娓娓道来，大家听得入神，站立了半个多小时，全然忽略了阳光的照晒。

在接下来的采风中，大家干脆不坐车了，徒步走在林间水泥路上，如置身森林氧吧，边欣赏路旁的风景，边听着光明林场工作人员的介绍。在一片白桦林前大家停下了脚步，我立刻被眼前的白桦所吸引。这一棵棵的白桦高高耸立，和身旁一些其他树种相比，显得更加俏俊、挺拔，白白的树干利落而干净，偶尔一处黑色的疤结，宛若树的眼睛，把游人深深地凝视。我情不自禁地走进白桦，举头仰望她高高的树干笔直地伸向天际，又深深地打量着光滑的树身，用手将其抚摸，甚至不加羞涩地与白桦来个热情的拥抱，瞬间释然的感觉使我忘却了一切烦恼。小的时候，对白桦我就有种特殊的好感，那时候每到冬底，老辈人赶着大马车从东面的大山里运回一车车的烧柴，这些所谓的秋板子柴火里面，最扎眼的就是拳头粗的白桦树段了，这些白桦树段，现出淡淡的木纹，多处暴起了白皮，伙伴们总是挑出最好的树段放置一旁，恐怕作为烧柴烧掉。如果顺着白桦的白皮一层层扒下去，简直在欣赏一件百看不厌的艺术品。白桦是最起火苗的，树皮燃烧起来吱吱直响，就像浑身冒着焦油一样。由于对白桦的喜爱，以至于长大后无论走到哪里，遇到白桦树我都要多瞧上几眼，而花园山的白桦，则是我见到的白桦中最美的，难怪大家都靠近前去，有的忘情地拍照，有的用手抚摸，与一株株白桦做亲密的交融。

走着走着，一座仿古建筑出现在眼前，原来这就是重建中的花园庙，正殿和两侧厢房的主体建筑基本完工，墙面粉刷、雕绘及院落装点还没有着手。随行人员介绍说，花园庙乃太平川大户于家的祠堂，庙宇的四周全是狩猎场，后来这里成了四面八方群众来往朝拜的热闹之地。而我最感兴趣的，是这里居然还成为新中国成立前胡子骚扰附近百姓的据点。联想到小时候老辈人讲起的胡子，印象中他们都是打家劫舍，所到之处都要遭受刀光剑影的洗劫。以宋德林外甥为首的 12 个胡子依据树深林密，经常对山下的住户进行骚扰和抢劫。我仿佛听到了巡视民兵和胡子交战的枪声，说不定眼前的哪棵树就是射击的掩体，或者哪块土包曾经留下过弹痕，最终，11 个胡子被正义的民兵剿灭。弥漫过杀气，不曾平静的花园山，如今处处莺歌蝶舞、鸟语花香，到处飘逸着绿色与美，已完全找寻不到当年的萧杀迹象。

花园山的故事多带有几分神秘色彩，据说在花园庙动工时，当地村民奇怪地发现，高高的塔吊竟奇迹般转动起来，转动的时间达 40 多分钟，当时的天气既没有风丝，塔吊上也没有接通电源。更为奇怪的是，在对花园庙进行重新建造时，在遗址下面方圆百米的地方，竟挖出了长成的石头，在花园山乃至整个土桥镇的其他地方都没有成石。

在花园山方圆百里，流传广泛的是孙氏猎户与狐仙的传说，为了求证故事的真实性，我们问起了当地的知情人。得到的回答是确有其事，而且还告诉我们，"狐仙医生"还健在，不过回榆树居住了，现年 80 多岁了。

采风的最后一站是瞭望塔。从水库出发，沿着上坡路行进，走了大约 1 公里路便来到了塔前。瞭望塔置于海拔 301 米的花园山主峰上，外围呈六边形建筑，塔高达五六十米，每个壁面都安装有玻璃窗，塔内有盘旋通道直至塔顶。站在最高处的平台上，很多个窗子都开着，这里的风力明显增大，从窗口向外望去，层峦叠嶂，莽莽苍苍，花园山四周尽收眼底，有棋格状的稻田，有树林掩映中的村庄，有闪着金黄色光芒的大片庄稼，往更远处眺望，高高的建筑楼群映入眼帘，不知是谁惊喜地喊了起来"看到榆树了"，开始人们还不敢确信，待用单反拍下来放大后，才看清了楼群前的建筑街坊，想不到在这么远的地方都能看到榆树城，正应了"登高望远"这句成语。

愉快的采风很快结束了，回来在车上，大家谈论最多的话题是关于花园山的展望。我也在想，花园山，这一充满神奇与魅力的地方，用不了多久，会在我们榆树人的精心打造下，成为远近闻名的省级森林公园，成为一张响当当的榆树名片。

2016 年"我们的中国梦·幸福榆树"第二届征文大赛

散文类一等奖

人说李合好风光

李合，在我们榆树各乡镇的版图上，也许它并不知名，尤其被并入城发乡后，更很少有人提及它。但在榆树摄影人的眼中，这里令人回味和向往。独一无二的李合水库湿地，还有最近几年逐渐被认可的太平岭，置身其中如走进人间仙境一般。

李合水库又称石塘水库，位于城发乡李合街道西北 1.5 公里处的石塘屯前，坐落在卡岔河二级支流半截河上，始建于 1958 年，1966 年修灌区渠道。我对李合水库最早的记忆，始于刚参加工作二十几岁的时候，当时只要乘车来市里，就必须从李合水库旁的砂石路经过，从车窗里望着长长的堤坝和白茫茫的水面，心里充满着一种好奇，期盼着有一天也能够像岸边垂钓者一样静下心来，到这里放松地游玩一天。我是看到网上发布的一组有关李合水库湿地的图片，才知道我们榆树还有这么美的一个地方，知道了李合水库还有一片湿地，有成群的白鹭和苍鹭在此栖息。

去年晚秋时节，我有幸随榆树生活网古城采风团来到这里，漫步于堤坝之上，放眼眺望，宽阔的水面、北岸的村庄、南岸的杨树林，以及远天的白云，心情该有多么舒爽啊！

李合水库湿地，名曰湿地，其实是一片没有水面的浅滩，浅滩由泥土形成，看不见沙粒，上面长满了各种杂草。"逍遥剑客"对这里的路况很熟，他第一个跳进湿地朝远处的水边奔去，等我们几人走下公路时，他已将我们甩出很远。"丑小丫"朝东面的一片一人高的芦苇荡奔去，有几只黄牛在那里悠闲地吃草，我则朝着水边的方向跋涉，远处瞧见水边的几个小白点，那一定是我所要追逐拍摄的白鹭了。正行走间，不知从哪里飞过来一大群水鸟，足有上百只，黑压压的结成队阵在水面上空盘旋，时而发出一声声沙哑的鸣叫。身边的朋友说这就是苍鹭，我赶紧将镜头举向天空，不停地连按快门，希望捕捉到的画面能更清晰。灰白的水面、黄灿灿的田野、蔚蓝色的天空、棉花团一样滚动的白云，中间是飞翔的鹭阵，这场景、这画面是何等的美妙啊！

也许是深秋的缘故，这里的水面较夏季明显缩小了许多，湿地面积却增加了。踏在被风干了的湿地上，脚下倍觉柔软，没有一丝水迹和泥泞，不时能看到牛蹄子的印迹，有的地方生起了青苔，到处丛生着杂草和各种植物。如果赶上水库涨水，我所处的地方可就是一片汪洋了，我脚下的湿地自然也就成了水底世界，其实水底世界跟陆地上一样，也生长着杂草和野花。我欣赏脚下的各种植物，并认真地用镜头记录下植物叶片的各种颜色和形状，细数着青苔边的浅滩裂纹，走在上面丝毫没有硌脚的感觉，倒像是在进行足底按摩。

走出水库湿地，前方就是太平岭了，一大片山林进入视线，几株硕大的树木枝头挂满火红的枫叶凸显眼前，我们迫不及待地下车，围着这一棵棵扎眼的树木拍起来。早在几年前的榆树信息港论坛上，有网友晒出摄影帖，称找到了拍照的好地方，后来市摄影家协会的曹主席又发布了一组美图，人们这才知道原来拍照的好地方及美图的出处就是这太平岭。去年秋天我带几个朋友来过这里一次，游览了南山后又逛了整个北山，足足用了一个上午的时间，南山北岭地穿越，走进玉米地，横跨地垄沟，在满是蒿草和碎树枝的山地里穿梭，丝毫都没有感觉到疲倦。而这次，季节向后推迟了几天，片片树叶哗哗掉落，秋风也多少吹来一些冷意，同行者中有人说穿少了。大家沿着沟坡前行，嘴里不住地发出"啧啧"赞叹。太平岭南段是典型的三山夹两沟地貌，中间的两沟已经被村民开垦种上了玉米。我们走的是两条玉米带中间的这条地势较为平坦的缓坡，两旁各种树木林立，满地是黄的、红的落叶。不觉间我们经过一块腹地，这就是太平岭著名的红叶长廊，宽宽的地面，两侧高耸的树木梢头，向下垂成一定的弧度，两边的叶片相接，宛若隆起的拱形天棚。大家忘情地拍照，"晶莹"版主也在同伴的"怂恿"下，挎起此行担任司机的爱人的胳膊，在红叶长廊走了个来回，那甜蜜的神态就好像结婚时在走红地毯一样无限陶醉。

这次李合之行，"布衣居士"是"本地通"，他驾驶车辆打头阵。出了太平岭，他将我们带入一个叫安济山庄的地方，当走过造型别致的山门，进入山庄腹地，我便被所见的美景惊呆了。

映入眼帘的是一栋小二楼别墅，别墅窗前悬挂的串串红辣椒立刻把大家吸引了过去，久居城里的人们眷恋农家小院，所以对这高挂起的红辣椒特别亲近。大家争相拍照，连大腹便便的"一庭好月"也经不住诱惑与红辣椒亲昵合影。这里有山有水有树林，有山的地方就显得厚重，有水的地方就充满灵气，方圆近两垧的水面，四面环山，山上的树木挂满了金黄的和火红的叶片，与微微泛起涟漪的水面相映，俨然一幅地道的北国水乡风情画。水面中间有一座凉亭，通向凉亭的是一座一米半宽的木板桥，在木板桥上可以欣赏到不同角度下的风景。想到水面对岸的山上，有一条捷径可走，先是进入一条林荫小道，拐过尽头后直上一条狭长的木板桥，桥面有一米半宽，两端是结实的立柱支撑，一节节的竹板相连接压在立柱上，人扶着竹板扶手拍照是最合适不过的了，桥两侧是泛起波纹的水面，身后是各种秋色尽收眼底的小山。"凤舞墨轩""晶莹"当然是不会错过这样的机会，尤其是"凤舞墨轩"总是能利用时机，把各种美姿展示给摄影师。走过桥上了山，大有"风景这边独好"的感觉，山间树木林立，枫叶挂满枝头，两个造型别致的小木屋引得人们争相拍照，这时"布衣居士"突发灵感，对身旁的 位女版主说："回去后写个小说吧，名字就叫'我与小木屋的故事'。"逗得大家哈哈大笑。

虽然时间过去不到一年，但每每回想起那次采风，心中依然洋溢着足够的温暖，因为我们不仅欣赏到了美丽的家乡风光，也感受到了东道主李合人的浓浓盛情。

载于 2015 年第 4 期《榆树人》

寻访泗河古城

这几年，每次去泗河老家，我都不忘到古城遗址看看。作为一个土生土长的泗河人，虽然在镇街道工作居住了 10 年，但对古城的具体位置，以及它过去的历史知之甚少，因为无论在网上，还是在现存的各类资料里，能找到有关泗河古城的文字都太少了。

2018 年 5 月，时任榆树市文广旅局局长的韩亮主持召开一次别开生面的座谈会，他请在座的作家挖掘榆树民俗，市里拟出版系列丛书。正是这次会议，激发了我对泗河古城的浓厚兴趣，并打算动笔写一写自己的家乡。

那年的夏初，我特意回了一趟老家，联系到泗河二中退休的老教师杨树毅。1986 年我在泗河二中读初三时，杨老师是三年语文组组长，他执教语文多年，喜爱舞文弄墨，后来被镇政府借调一段时间写材料，可以说对镇志有所涉猎，更主要的是，他家就住在古城遗址东面的杨家油坊屯，他从小在泗河古城边长大，而且天天上班都要从古城遗址中穿过。

提起泗河古城，杨树毅如数家珍。相传在清朝末期，在泗河镇城东的四道河子开河时，挖出了一个石碑，石碑上写有

"四河"二字。有个姓张的警察署长爱好书法，写起"四河"二字时怎么写都觉得不搭配，于是就在"四"字左面添了个三滴水，变成了"泗"，这样便和"河"字随上了，于是"泗河"从此叫开了。

我跟随杨老师走进古城遗址。杨老师介绍，泗河古城其实地方不大，包括护城河，东西和南北的长度都是300多米。早在宋朝时期，这里是金国后方的一个养马场。金国战败后，这里变成荒凉之地，没有人烟。清朝末期，随着闯关东的人流，这里进驻了四户人家。杨树毅说，他们杨家是最早落脚到古城外的杨家油坊屯的，老家是河北省永平府迁安县的，后来搬迁到辽宁省八角台，最后赶着车，拉着捶背石，落脚到泗河城外这个地方。他家落脚时，还没有古城里的四户人家。四户人家是后到的，从时间上推算，大约在民国以前，距今200多年。

在古城的西北方向有一条通向城里的道路，道路的南北两侧是几丈多深的大坑，坑里面早已被住户开垦成平地，上面种上了成片的玉米和蔬菜，据说这两个大坑是当年的护城河。

在古城的南面大约200米的地方有个大庙，大庙拆掉后，榆树七中由别的地方迁移到这里。古城墙外的护城河夏季存水，冬季冻冰，成了20世纪60年代的滑雪场，同学们都爱来这里玩耍。而保护古城遗址的工作在20世纪60年代就开始了。2008年9月出版的《榆树市乡镇志》，在"泗河镇文物"一节中有如下表述："泗河城古城，位于泗河镇所在地东北角。城址周长1335米，有2个城门，城墙为土坯砌成，已毁。

此城为辽金时代的古城。1960 年 8 月 30 日，定为县级重点文物保护单位。"1997 年之后，有线电视入户到古城里屯，我由于工作在广播站，经常来古城里安装维修电视，当时在古城西北角的位置有一块立起的水泥碑，上写"泗河古城"，碑上的四个字为泗河二中美术老师封耀荣所写。而当 10 年后我随杨老师来此地寻找时，却怎么也找不到这块碑了。

2020 年十一期间，我再次寻访古城遗址，却发现一块新的石碑立在路旁，碑的正面上方写着"榆树市文物保护单位"，中间是四个大字"泗河古城"，下方是"榆树市人民政府2000 年 5 月 30 日公布" 和"榆树市人民政府 2009 年 8 月 1日立"。

碑的背面红字非常醒目："泗河古城位于泗河镇泗河村，城址呈不规则方形，周长 1335 米，现残高 0.8 米 ~ 3.6 米，西城墙和北城墙设有城门，城墙为土坯砌成，城外有护城河一道。城址内散布有青砖和布纹瓦等建筑物件，还有陶瓷残片，此城应为辽金时期遗址。"

这算是我见到的关于泗河古城介绍最多的文字了。

按照杨老师的回忆，当年古城墙很高，尤其东侧，明显比城下的住房高出很多，只是现在变得低平了。20 世纪 50 年代，城下的住户可以在城墙的高坡地方向下打出溜滑，能打出一百多米。后来，住户们盖房在城墙上取土，逐渐把高包的地方挖平了。城墙下住着个康老道，修行高，冬天不怕冷，光着脚在城墙上面来回走，这时城墙已被踏成一条土路。

写泗河古城，不能不提及草木灰堆的传说。相传，在古城里堆着一处小山包，等村民合力将山包挖开时，里面全部是草木灰，村民人挑马拉将草木灰运到地里做肥料，第二年长出的土豆到秋天竟达到倭瓜一样大，种的苞米棒大粒实，种的黄豆黄灿灿、圆滚滚。后来随着搬来的流民逐渐增多，地面上盖起了房子，灰堆不见了，形成居民区。

有限的资料证实，公元 916 年，契丹族首领耶律阿保机建立政权，国号辽，建都西京，今吉林省农安一带。后来北方的女真族完颜阿骨打部落建立政权，国号金。随着辽国政治的腐朽，金乘机逐渐瓦解了辽的统治，并且在泗河古城这个地方建立了圈马场，势力逐渐强大起来。后来金兵入侵中原，遭遇了英勇善战的岳家军，被南宋将领岳飞战败，从此金兵无法立足，仓皇北逃。而以前占领的泗河古城的养马场也随之丢弃，只留下了草木灰堆。

最近一次寻访古城，我试图找到碑文上所说的"青砖""布纹瓦""陶瓷残片"，沿着遗址东墙根自北向南走到了尽头，也没发现蛛丝马迹。又在北墙的位置从头走到尾，看到的除了柴草垛，就是榆树毛、玉米茬子，土坯、青砖、瓦片荡然无存。唯一能感受到的，是这里地势很高，能领略到古城墙的高高在上。

载于 2021 年第 4 期《榆树人》

寻梦老干江

老干江地处榆树市秀水镇，是松花江改道后自然形成的江汊。近年来由于当地党委、政府的倾力打造，老干江湿地乐园声名鹊起。然而，老干江到底是怎么形成的？源头在哪里？又流到哪里结束？沿途有多少处景观？少有人说得清楚。带着这些疑问，我最近几次前往秀水、大坡两镇，沿着主流、支流踏查寻访，通过不同方式询问知情人，并根据多年的游览所见和理解，力求将一个全景式的老干江展示给世人。

白家泡子也算老干江吗？

十几年前，我前去大坡镇，中午时被朋友领到一处餐饮带旅游的地方，这里有水面，有荷花，有鱼池，还有一条建在水面上的栈道长廊。长廊由立起的油渣松木杆和铺就的木板组成，长70多米、宽3米有余，上面放着桌子可以一边就餐，一边沐浴江风观赏风景。主人不时划着木船捞上新鲜活鱼，供游人食用。在水域的北面，则分布着若干个鱼池，中间的池梗上开着各色的小花，微风中摇曳煞是好看。当时有人说这里是老干江，于是在此后的很多年里，我一直以为那里便是老干江。

2021年7月下旬，我参加了市文联组织的"荷风江韵"赴老干江采风活动。在收集有关老干江的资料时，我想到了大坡镇曾到过的这个地方。为了弄清楚那里是不是老干江，我决定重走故地。由于时隔多年，原来走过的路记不清了，也没注意到此地邻近的是什么村屯，印象中好像跟大坡的"西"字有点沾边。是不是大坡的西山屯，还是西许屯，我拿捏不准，只能依靠导航来探路了。

车辆离开 212 省道，进入西山村的拱门，约莫走出一公里路越发觉得不对劲，于是返回大坡镇方向询问一个路旁的瓜摊。听完我的描述，卖瓜的妇女让我沿着去西苗家屯的道路往西北方向走。途中经过了一段不好走的砂石路，七拐八扭到达地点时傻眼了，这不是前几日随文联采风来过的湿地乐园吗？

在湿地乐园转了一会儿，我试图找个当地人问个究竟。一位当地的老兄根据我的描述让我去大坡镇的后贾家屯，就在不远处。为了避开不好走的砂石路，车辆绕道秀水街道返回大坡，来到了后贾家屯，在附近找到的却是水云山庄。确实，这里有荷花、鱼池，还有吃饭的餐厅，可不是我要找的地方。

无功而返的我还不甘心，于是打电话问两位从大坡镇走出来的朋友，对方告诉我，你说的地方是白家泡子吧，这里离秀水的老干江挺远呢。言外之意，白家泡子和老干江不搭边。

有了白家泡子的说法，我的寻访便有了目标。第二天利用休假的机会再次前往。这次根据导航首先来到前白家泡子屯，在屯西土路往下去，果然是当年来过的地方，荷花依然开放，当年的凉亭长廊变成了三合院，北面的鱼池剩下了两个，池梗间也没有了当年的野花。走出这里，我又到北面的后白家泡子瞧看，这里的水面较大，一望无根流向北方。赶巧有位从榆树来的游客，我问起这块水面，她说五六年了，每年都来这里游玩，这块水域和秀水的老干江是相连的，也就是秀水老干江的上游。

隔了两日，与宋洪轩通话唠起老干江，他在秀水派出所工作多年，称得上是秀水通。他肯定地说，白家泡子就是老干江的上游，但是处在大坡段，松花江流经大坡、秀水两镇，原来的走向是弯曲的，主干道就是现在的老干江，1958年修松花江大堤时，把弯道取直，这样留下了江汊，被当地人称作老干江，原来的主干道里面有充足的水源、泉眼多，加上松花江坝底渗水，导致老干江长年不干。他还说曾经和当地人沿着秀水老干江向上游大约行走了5公里路，看到了前方不远的水系就是大坡的白家泡子。

为了证实洪轩的说法，我联系上了白家泡子所在的城南村书记卞玉兴，他向我证实了白家泡子是老干江上游的说法，他说白家泡子也叫白家河，是松花江的江汊，与秀水的老干江相连。问起当年的长廊凉亭，卞书记说这个凉亭是两年前拆掉的，当年想打造餐饮和旅游一体化，有电船和木船、汽油艇，当年的养鱼池留下了两个，其他的都拆掉池梗与大河相连。

为了进一步证明卞书记的结论，我上网搜索了高清地图查看。明显可见，老干江上游有两股水系，一股从大坡镇后岗村的仇家屯进入，流经李家屯，经秀水镇腰围村的包家屯、大坡镇南坊村的北猴山屯，径直到达秀水镇治江村官通屯附近的老干江湿地乐园。另一股则从大坡镇城南村的白家泡子，经过后岗村的小河沿桥穿过212省道，流经南坊村的路家屯、唐家屯、前猴山屯，与上一股交汇在腰围子桥南，流经南坊村的北猴山屯，达到老干江湿地乐园。在手机上打开高德地图，也同样显示上述结果。

8月7日，我又一次来到大坡和秀水，就老干江的水系展开详细踏查。在后岗村小李河沿桥头，一个长年打鱼的当地人回答了我的提问，他说桥下的水是从白家泡子流过来的，流向老干江，白家泡子的水是永舒榆灌区二闸下来的。

我驱车从仇家屯绕到松花江大堤，终于见到了老干江另一段的上游水系起端——两江口，这里建有水利设施，设施以东是一条河流，水面宽20米左右。在附近养鱼的一位马姓农民说，这里到秀水排涝站全长10.5公里。在两江口北面的腰围子屯，一位老者用石头块在地面画线，清晰地勾勒出了整个老干江的水系构成。他说，过去松花江的主干道就是从两江口到排涝站这段，改道后成了江汊，而白家泡子也是一股主要水系，是老干江的上游。两江口到松花江边的小房有百米的距离，上面是庄稼，下面是看不见的大壕管道，小房抽取松花江的水由大壕管道注入两江口，再由两江口流经北面的腰围子桥。腰围子桥南百米左右有个分汊，向东经过小河沿桥直通白家泡子，向南连接两江口。据此，白家泡子是老干江的上游已经没有疑义了。

老干江的下游出口——秀水排涝站

2013 年以前，我一直以为老干江就是白家泡子，白家泡子就是老干江。只是不知道白家泡子这个名称，才导致最近的两次寻访都走错了道路。是一篇《梦里水乡老干江》的帖子颠覆了我的认知。这篇帖子出自记者孙国福的手笔，发布在榆树信息港的榆树论坛版块，帖子中还附了一幅图片，画面上是很宽的江面，两岸是沃野良田，水面上裸露出几处滩涂水草，有木船和汽艇在水面上游弋，远方的天地之间掩映着村庄和成排的树木。一眼望去的画面，仿佛千岛湖一样旖旎壮观。茅塞顿开的我，仿佛发现新大陆一般。终于在 2013 年 9 月 28 日周末这天，我兴奋地借来朋友的摩托车，带上吃的和一部单反相机，奔向"梦里水乡"闸口段的老干江。沿途上，不时可见江北岸游人垂钓的身影，有专修的垂钓台，相隔五六十米远一个。

由于临近十一，秋高气爽，天辽地阔。田野里的稻田阡陌纵横，一片金黄。已经收割放倒的水稻整齐而有秩序地码放，增添了大地的景致。最抓人眼球的是季节的颜色，浓重而枫红，酷似芦苇的荻草在红色草丛中高高地伸出，像伸直了脖子的长颈鹿，欢迎着前来的游人。一条沟渠闪过视野，绿色的水草和灰白的水面，以及四周黄里透红的庄稼，构成了一幅天然的荷塘图锦。临近大堤，"老干江防洪闸"的题字虽已斑驳但也醒目。踏上坝顶向东望去，老干江水波光粼粼，一望无垠。

2016 年 7 月 2 日，我又一次驾车来到了这个梦里水乡的地方。由于前两天的降雨，江水涨潮。排涝站的是白茫茫的水面，绿色的庄稼、水草被水隔成数段，一条木船上两个农民在撒网打鱼，船桨荡起的涟漪惊扰了水面的平静。行在岸边，不时能听到鱼儿和青蛙戏水的扑通声，我再一次沉入眼前的意境，不停按动着单反相机的快门，这又是我醉心的一次旅行。

据了解，以前由于丰满水库放流或者遭遇洪水，容易出现回水倒灌，每到汛期沿江的农田都会被淹，农民损失惨重。为了治理水患，2005年水利部松辽委投资近千万元，在老干江的终端堤坝建起了防洪四孔大闸。2014年，又投资2000多万元修建了五孔壮观强排电站"秀水排涝站"，有效地控制了外洪和内涝，也让老干江保持了原生态的本色。

8月7日的这次寻访，我再次来到老干江的出口。五孔大闸正排放水量，向西汨汨流入松花江。水道的两面清晰可见柳条、水草和成片的高粱地，透过远方的树木，松花江隐隐可见。驻地值班人员李彦章告诉我，从排涝站到白家泡子全长20.5公里，这才是老干江的主流，中间有道分汊通向两江口。为什么下雨老干江就涨潮，因为还有另外几股来水汇入老干江，有大坡来水、西山来水，还有秀水一股水，但跟白家泡子的水流比，都弱了很多。

老干江的风景腹地——湿地乐园

现在只要提起老干江，人们都会想到湿地乐园这个地方，都知道这里有百亩的荷花，荷花成为老干江的金字招牌。按河段的严格划分，湿地乐园处在整个老干江的下游位置，也是老干江风景的腹地。2017年以前，我对这里一无所知，因为看荷花才与朋友来到了这里。与榆树其他地方开放的荷花相比，这里的荷花算不上惊艳。然而，从2017年起，这里一年一个变化。秀水镇党委、政府结合榆树模式田园综合体建设，借力乡村振兴，加快产业融合发展，全面启动了老干江国家级湿地公园创建工作。

2020年7月榆树作协开展的一次文学采风，使我亲眼目睹了老干江的发展变化。从镇区到老干江的7公里道路，两侧早已被鲜花布满，红黄色的花朵肆意开放，与两边的绿树相映成趣，加上近百盏路灯的点缀，构成一道绝妙的乡村图景。未到江边就感到了江风拂面，看见了江面就吮吸到了江水空气的甘甜，荷花池、木栈道、观景阁、铸字石等景点加上彩旗布衬其中，大有"水村山郭酒旗风"的意境，美食广场、二人转演艺、逍遥椅、秋千台，观、游、玩、吃一体，实乃乡村游的好去处。

今年7月25日，市作协一行15人随市文联采风团故地重游。采风大巴进入通往秀水的005乡道，人们便被窗外美丽的景色所吸引，一条对称分明的道路长廊横亘眼前，两侧是红、黄相接的艳丽鲜花，路灯杆上悬挂的"老干江水上乐园"宣传画和小长条红色国旗，在绿色田野、蓝天白云的映衬下，显得更加秀美、多姿，一派现代化新农村的美丽图景冲入视野。

此次采风，人们最感兴趣的是观赏荷花、拍照荷花，在荷花前留影。尽管岸边石头林立，可人们的兴致不减，在观赏之余玩起手机自拍，用情感悟和领略荷花之美。江面铁桥是观赏景色的绝佳之地，手依桥杆远眺，蓝天白云之下是依稀可见的树木、村庄，清澈的江水碧波荡漾，丰茂的水草将江水分成几段，游船在其中划行，沐浴江风，别有意境。凉亭、栈道是老干江的特色景观。凉亭下两侧的木椅供人们歇脚纳凉，清风吹拂之下，边聊天边欣赏四周景致，言语间流溢更多的是对当地政府的夸赞及此行的感慨。

吸引人们的，还有景区南面大片的花海，天的湛蓝，云的洁白，树的茂绿，花的红、黄、粉，多色辉映，大家忘却了疲惫，醉心地拍照，返回了性情的本真，共同感受时光静好。

令人感到遗憾的是，横穿老干江湿地的041乡道桥头一段的道路、卫生有待治理，路肩停放的车辆、摆的地摊和上面裸露的尘土、砂砾、垃圾，成为湿地景区内极不和谐的画面，还需要建立专区完善管理。

据了解，占地460公顷的老干江，周边30公里的江岸线，常年栖息鸟类50多种，湿地已发现泉眼100多处。水量充沛，水草茂盛，满江绿草鲜花100多种。现在老干江年产野生鱼200万吨，年接待旅游观光15万人次。

前不久老干江湿地乐园的正式营业，为老干江的旅游开发注入了动能。沈阳粮盈天下有限公司将用三年的努力，投资1.5亿元，开发人工沙滩、网红摇摆桥、丛林穿梭、水上冲关、荷花荡竹筏穿梭、情侣桥、江上滚筒、跳台跳水等39个项目，庆典期间，运营了赏百亩荷花、竹筏自驾游、水泥管宿营等项目，力求一年内晋级国家 AAA 景区。

老干江度假村，老干江旅游区，老干江国家湿地公园，老干江湿地乐园，一路走来，魅力老干江有多个响亮的名号。老干江湿地乐园是前几个名号的改造升级版，每个名称的演变，都折射出当地党委、政府的坚实求索和努力付出。我相信，经过几年的努力，老干江一定会被打造成榆树市第一休闲旅游胜地，成为榆树市的品牌旅游项目，成为名副其实、人人向往的东北"白洋淀"。

载于 2021 年第 5 期《榆树人》

五棵树采风

去年深秋，我以榆树生活网会员身份，有幸参加了网站组织的古榆采风"五棵树行"活动，一天的采风，我们去了盟温站村部，到了湛江寺，游览了松花江，既了解了当地人文历史，又领略了景点风光。时将一年，回味起来仍觉印象很深，如同发生在昨日。

我很熟悉五棵树，吃过当地的知名特产干豆腐，喝过从白酒作坊里接下来没有勾兑的粮食小烧，浏览过各种媒体上有关养牛大户的报道，甚至在几年时间里，采访过那里的农村专业协会，调研过全镇的殡葬改革，多次去湛江寺观光，也乘船于江中游览至大坡江桥和乌金屯码头。所以，我对五棵树的了解，多于全市任何一个乡镇，包括任何一处景点。

盟温站村是我们采风的第一站，也是我全然不知道的一个地方，以至于惊诧我们榆树还有这么一处古迹。在百度上没有查找到有关驿站的更多历史，只是从来过这里的朋友口中得知，这里当年做过驿站，就是一个转道传递书信的地方。当我们驱车到达盟温站地界的时候，这里独特的地貌吸引了我，林深树茂，沟壑纵横，山道盘旋，但已经找不到当年驿站的任何踪迹了，我们只能到盟温站村部感受一下曾经掠过的历史云烟。在盟温站村部会议室，一位马姓知情者向我们介绍了盟温站的一段历史，那应该是在清朝康熙年间建立，当时的通信主要靠马匹传送，人停马不歇，类似的驿站在榆树境内还有两处，即秀水甸子和太安新站。走出村部，我们放眼四望，用心揣度和搜寻，希望能够在哪怕是一处木桩、一块缓坡、一条茅道，抑或是一串斑驳的树影里，找到历史的踪迹，可我们的这一点愿望都近于奢侈。最后还是我们的带队"一庭好月"，他对榆树的历史颇有考究，在一处树木掩映的坡坎上，他向我们滔滔不绝地讲述了榆树有人类以来的历史，讲起了关里人怎样逃荒来到了东北榆树，讲起了有关盟温站的一些基本情况，这才使大家茅塞顿开。采风回来后，我迫不及待地点开了榆树简史，上面有清晰记载：驿站，是传递国家公文、接待过往官员的地方。盟温站东南50里接秀水甸子站，西50里接陶赖昭站，盟温为满语，意为土岗子，盟温站设于康熙二十二年（1683），驿站的驿使有笔贴式1员，领催委官1员、站丁30名、马30匹、牛30头。驿站连同其他两处于宣统二年（1919）撤销。

较之盟温驿站，大家对湛江寺就不感到陌生了。每年的农历四月初八、十八、二十八，四面八方的游客都涌向这里，只要到过五棵树江边游览，湛江寺是必去之地。深秋的湛江寺比起以往要清静了许多，我们去的这天天气晴朗，阳光暖暖的，万里碧空没有一丝云彩。寺内偶尔能碰见几个在佛像前虔诚叩拜的人。院里很少看到僧人，一尊四五米高的大钟于僧寮院内伫立，四周用木栅栏围着，从地面撒落的碎屑判断，一定很长的时间没有人触碰它了。寺内给我印象较深的就是每处院子的青瓦飞檐，加上木棂窗户，这些被都市建筑和现代乡村湮没的东西，只有在青刹古寺能找寻到它的影迹了。大雄宝殿前，很多鸽子围绕着楼檐飞来飞去，为寺院增添了几分安逸与祥和。池塘里的簇簇莲花依水而立，与塘边的卧佛相衬托，给寺院带来一些清净和灵气。我们穿过观音院，来到相对比较开阔的北侧院落，远处可见三座庙宇面南背北依次错落，每座庙宇下面铺就的石阶曲缓相连，宛若布达拉宫再现眼前。酷爱摄影的几个朋友早已捷足先登，站在庙宇前的空场地上，不时地翻转着镜头变换角度拍摄。随后大家走进一个菜园，在佛门净地能找到这么一处菜园就显得尤为珍贵了，这里黄瓜、豆角、白菜、角瓜、倭瓜琳琅满目，大家像发现新大陆一般停留菜园不愿离开，黄瓜秧、黑茄蛋、大冬瓜则成为争相拍摄的景物及留影道具，就连旁边的几朵别致的野花也成为镜头下的特写。

走出小园，人们又回到观音院，在西侧的长廊前停下，透过大玻璃窗，里面的墙壁上一幅幅书法作品映入眼帘，原以为是外地书法名家所作，仔细端详才发现，每幅作品均出自寺院住持宽眼大师之手。85岁的宽眼大师为了寺院建设可谓倾尽心血。湛江寺前身为"关帝庙"，"文革"期间被毁，20世纪90年代初，宽眼大师回到家乡榆树出资重建湛江寺。据说宽眼大师没请设计师，没用正式图纸，仅凭在外地参观的印象和记忆，进行规划和施工，现在看来这是一件多么神奇的事啊！

离开湛江寺已近中午，一行人顾不得吃饭，在"秋水寒"朋友的安排下，乘坐小船逆流而上游览松花江。深秋的松花江在没有风的情况下，水面的波浪也涌起半尺多高，江水拍打船身发出哗哗的喧响，放眼北岸，时而闪过一排排树木和建筑房屋。江边两公里堤坝下，被粉刷的挡水墙甚是引人注目，挡水墙底座两尺宽，由石头和水泥砌制而成，上面是铁管和水泥柱穿就的栏杆，据说这是国家水利部为巩固河防投资修建的。南岸是沃野良田，靠近水面的很多地方水土流失严重，有的地方淤积泥沙形成的漫坡宛若梯田。松花江的流经，形成了五棵树得天独厚的旅游资源，这里一年四季都有各地游客慕名前来，冬天江面打雪仗，春季品尝开江鱼，夏秋季节江中乘船游览别具诗意，开篝火晚会，江边露营，这里是首选之地。

松花江也有发怒的时刻，2010 年 8 月初，松花江水暴涨，江水平槽漫过堤坝，淹没岸边房屋达一米多深，湛江寺也未能幸免，遭遇了"水漫金山"的一幕。相传，一巨大无名水怪顺水爬入湛江寺，吃掉大量贡品后钻入池塘，目击者称水怪类似带鱼，长有 4 脚，长约 6 米，站立吃贡品时身子探出有 1 米高，体表有鳞片，嘴里有尖牙，叫声低沉好像有攻击倾向。五棵树警察和长春的动物学家都赶往现场，寺庙四周戒严，严禁外人进入。

汹涌的松花江水也考验了沿线军民的精神和斗志，在几年前那场众所周知的打捞吉林化学原料桶的战役中，我亲历了一些场面，地方干部与预备役官兵在江边同吃住，困了倒地小憩，饿了吃盒饭和面包，打捞化学桶时，岸上停着3辆吊车和2辆消防车，江面上的8艘大船和10余艘冲锋舟全力参与。经过几个小时的奋战，在榆树境内共打捞出化工原料桶785只。

奔腾不息的松花江水滚滚西逝，见证了盟温古站厚重的历史，细数过湛江寺悠远沉闷的钟声，记述着五棵树发展奋斗的每一步，也承载了两岸人勤劳创业的致富梦想。

古榆采风"五棵树行"，使我经受了一次历史穿越，也使我对自以为很熟悉的五棵树多了很多认识。

载于2015年榆树市作家协会《榆树钱》创刊号

生命律动　活力古榆

　　飒爽的清风再一次推开了秋的门扉，冉冉升起的朝阳便奏响了古城律动的序曲。勤劳、乐观、向上的榆树人，迈开矫健的步伐，伸展柔美的腰肢，在这片黑土地上开始了充满生机和活力的一天！

　　今天的榆树人，不仅有对家乡奋斗和建设的热情，更有对精神文化生活的强烈渴求。敞开后的榆树公园，既充盈着浓郁的人文底蕴，也是榆树人青睐的健身场所。走进这里，扑面而来的就是生命的律动，弥漫的是文化的气息！

　　当第一颗启明星升起的时候，当一些人还伴着鼾声熟睡，爱好运动的人们便打破了榆树公园的沉寂，或在甬路上跑步，或在林间绿地上打拳，或在广场里起舞，叽喳的鸟鸣、太极的伴曲、健身舞的音乐，交汇成公园晨曲最华美的乐章。

　　走在公园的柏油甬路上，最抓人眼球的就是长跑队伍，他们中有的三五结伴在林间木板路上穿梭，有的几十人汇成长长的人流不时喊着口号行进，成为朝霞映衬下一道亮丽的风景线。

　　偌大的公园广场洋溢着青春的健美与活力，随着一曲曲动感的音乐响起，大屏幕下一百多人扭动腰肢，轻盈的舞步给人们带来别样的美感和享受。这支百人舞蹈队走过了 18 载寒暑，从老公园门里到魁星楼前，再到今天的广场大屏幕下，领军人物裴颜民以他旺盛的生命激情，点燃了舞者快乐的情绪，快、慢舞步结合，不同年龄人群交汇，跳出了青春的风采，舞出了人生的多姿。

每当夕阳西下，在广场大屏幕西北侧场地上，人们可以欣赏到一场美轮美奂的舞蹈，这支由 25 名中青年女子组成的"林间艳阳舞蹈队"，身着鲜艳得体的服装，踏着美妙动听的旋律，优美的身段、动人的舞姿，引来无数过往者驻足欣赏。这支舞蹈队以"彰显林间艳阳，舞动快乐人生"为宗旨，以弘扬民族舞蹈为己任，目前已有 80 多人。组织者王翠华说，这些舞蹈的确有些难度，但在全国也是数得上的，是网络上最新潮、最漂亮的健身舞了。一个多小时 30 多种舞步不断变换花样，为公园增添了不少灵气和艺术底蕴。

位于体育广场的"舒心快乐健美操"舞蹈队，入夏以来每天早晚坚持跳舞，场地外的木板甬路上都有人跟随舞曲扭动，最多时候舞动的人流达 500 多人。这些人舞步整齐，肢体变换频率不大，舞蹈由街舞、健身操、经络操三部分组成。组织者由凤阁是 68 岁的油厂退休职工，他在网上学习各种广场舞，综合了鸡西和佳木斯两地的广场舞，整合成今天的舒心快乐健美操。

活跃于公园西北角的这支队伍是"行进有氧健身操"团队，组织者王福生介绍说，这套舞蹈共 12 套操 72 个动作，每日早晚各进行一次，每次时间为 80 分钟，既可以强身又能达到减肥的目的。最早的发起者是二园退休教师刘亚新，在网上学一个多月后在榆树推广。做操时，手、肩、腰、胯、手腕、膝关节等都得到运动，通俗易懂，简单易学，非常适合中老年人学习。

公园里还有一种舞蹈人气很旺，就是位于公园小圈甬路西侧木板地面上的"回春医疗保健操"，领舞者是医院女职工、42岁的安继梅女士，她考察了一个多月后研究了这套保健操。在跳舞者中间，年龄最大的是位87岁的老奶奶。回春保健操共60节，后期又添加了八段锦、太极拳的部分动作，全套下来需要1个多小时，锻炼到身体各个部位，全部做下来后基本挥汗如雨。

魁星楼是公园里具有标志性的建筑，经常引来无数游览者的光顾。在魁星楼下石碑四周平坦的地面上，每天都聚集着一些毽球爱好者，有的三五一伙对踢，有的十来个人围成大圈，踢球的姿势也是花样繁多，直踢、侧打、身后仰踢、翻身侧扫，不亚于艺术表演。更有技术高超的，大毽、小踢轮番踢打，来回几十个回合难分上下。不足50平方米的场地有时竟达10多伙，这里吸引人的不单是地面平坦，也有四周树木林立、比较阴凉的原因，边踢边嬉笑交流，充满着温馨与乐趣。

魁星楼西侧的小树林，素来是武术爱好者的领地，只见十几个中青年人有的手抡大刀，有的挥舞长矛，闪展腾挪，彰显了中华武术的独特魅力。

在小树林西侧的一处空场地和种榆书院门前，是太极拳爱好者的健身场地，每日清晨，他们都身着统一服装，挥舞剑锋，伴着音乐口令，规范地完成着太极动作。

喜欢听东北大鼓的市民有了栖身的去处，在种榆书院东侧绿色长廊旁，100来米周长的木制长椅古色古香而不失时尚，长椅上方是错落有致的木板棚，两条宣传标语非常醒目"传承东北大鼓，弘扬民间艺术""欢迎著名东北大鼓表演者高希田主讲长篇评书《杨家将》"。每天上午9点至11点，喜爱大鼓书的朋友便早早来到这里，有滋有味地欣赏着说书艺人酣畅淋漓的表演，跌宕的弦音、拿捏的声腔不由得使人想起过去在生产队时代大家聚在一起收听大鼓书的情景。

当皎洁的月光伴着满天繁星温柔地抚摸小城的时候，榆树公园渐渐沉寂，带着对这里的迷恋与期待，人们渐次走进家里温馨的灯光下，走进甜美的梦乡里。我知道，当又一个明天来临的时候，这里，会再一次被热烈和祥和包围，动听的乐声会再一次响起，生命的律动会再一次起舞！现代的榆树人会越来越幸福，肥沃的黑土地会越来越迷人，古老的榆树会越来越年轻！

2014年金榆树幸福城诗歌散文摄影大赛铜奖

世外桃源行拍散记

今年 7 月下旬，带着摄影人的痴迷，我徒步来到距家 10 多公里路的王暴岛拍摄荷花。为了抢拍霸湖日出，凌晨 2 点半出发，4 点到达霸湖，逗留两个小时后去世外桃源——王暴岛，结束拍摄后返程到家已是中午，往返 9 个多小时累计行程 20 多公里，虽有奔波之苦，但有惬意和收获。

精心准备，一次有意义的出行

霸家湖，是榆树市近郊生态旅游景区，摄影人称榆树摄影家协会拍摄基地，每逢夏秋季节，这里不但聚集了许多游客前来休闲观光，还吸引不少摄影人。随着盛夏的到来，网站上关于霸湖日出和王暴岛荷花的帖子明显多了起来，也曾有几拨儿影友陆续前往拍摄。对这两处景观，我也萌生了利用周末前去拍摄的想法，决定此次前去选择的是徒步，而且是一个人独行，只有相机为伴。

7 月 21 日凌晨 1 点半，我已无心入睡，索性做启程前的准备。简单洗漱后，我翻出了女儿过去用过的一个绿色书包，找出一块鹿皮轻擦相机镜头，检查了内存卡和电池并另备一套，2 根黄瓜、1 个西红柿、1 个甜瓜、2 个黄杏，连同相机、钥匙、几块纱布一同放入包内。

在服装上也尽量简洁，李宁牌红颜色圆领运动衫、藏蓝色运动短裤、白面蓝边运动鞋，配上济南老乡留作纪念的旅行帽，穿戴好后正式启程，此时时针指向凌晨2点半。

顶着夜色，一路疾行抢拍霸湖日出

夏季的凌晨已没有了白天的酷热，凉爽的温度还能够适应。借着学府高层淡淡的灯光，我顶着夜色深一脚浅一脚地走出小区，突然右脚像踩到地雷一样，我急忙躲闪，可已经来不及了，溅起的混浊水花弄脏小腿，打湿了鞋面，原来小区甬路边一个大垃圾箱渗出脏水形成的垃圾坑被我踩个正着。心中念叨着这么倒霉呢，路边唯一的垃圾坑让我赶上。虽然心有不悦，但仍没有停下脚步，渐渐地，身影消失在朦胧的夜色中。

实验高中通往榆树大街客运北站的榆三公路是市区里最差的一段路，由于这一路段重型车辆过往较多，导致路面破损严重，冬季车辙碾压很深，夏秋季节也是尘土飞扬。我一边掐算着时间，一边躲闪着迎面驶来的车辆，个别车辆远远地开着大灯真是烦人透了。到达榆树大街路口时，天还是没有放亮，我掏出相机试着拍点徒步纪念的照片，可是由于夜色太暗，按下快门后，等了五六秒图像也缓冲不过来，拍摄下来的图像也是模糊。当行至镇北中队附近的玉环庄家院时，已是3点零6分。这时远望东方，天边已经亮起了鱼肚白。我赶紧加快了脚步，穿过黑大线，途经殡仪馆、公墓门前，当到达张家店上坡时，东方已经出现了朝霞，一轮红日即将喷薄而出。这简直是在和时间赛跑，我不敢放慢脚步，好在出发前查到了日出的准确时间，心里才多少有了点底儿。如果按预定时间走不到地点，就真的成了"起个大早赶个晚集"。焦急之中，总算到了去往霸家湖拐弯处，我不免心头暗喜，目标马上就要到了，脚下的步伐加快，终于赶在4点整进入了霸湖景区。

七月的霸湖似乎没有摄影家镜头里的景色宜人，水面不大，滩涂上蒿草成片相接，只有一条40多米宽的水面靠着道路一侧横贯东西，中间一道憋鱼的丝网在几个立棒的牵扯下把水面分割两半，破坏了整个画面的美感。太阳马上出来了，地平线上面的云层边际泛起金色霞光。我赶紧跳下路边，蹚着满是露水的蒿草，用手扒拉着蜘蛛网，小心翼翼地向湖边奔去。拍了几张图片后，感到画面凌乱，于是赶紧从蒿草间蹿上来，这时的鞋面已经多半浸湿。可我依然不顾这些沿着一块稻田池梗朝里面走去，力求找到最佳的位置拍摄湖面上的日出美景。终于太阳出来了，半张脸跃出了地平线，映得湖面波光粼粼，借助眼前的芦苇花叶，我变换着姿势和角度拍照，生怕太阳顷刻间一跃老高。这个时候再看远处的天地之间，错落有致的庄稼上面雾霭缭绕，再远点儿便是高耸的树木，仿佛进入蓬莱仙境一般。当太阳升起两竿高时，已从最初升起时红彤彤的颜色变幻成金黄色，整个水面已经没有了刚才的层次感，其实日出美景也就是几分钟的时间，最佳的拍摄时机稍纵即逝。

霸湖人很勤奋，已经有个别摊主在外面摆东西了，有的诧异地看着我，随口说声"真早"。返回甬路，我朝霸家屯儿的方向走去，感受一下清晨的霸湖人家。走到屯头，拍下几张照片后，我在湖岸一块生长着五颜六色鲜花的地方停下，用手动、微距模式交替对准花蕊拍照，在阳光的反射下，清晰可见花间密匝的蜘蛛网。等返回进入霸湖第一家房子的东南角时，路边的这一片土豆地吸引了我，更吸人眼球的是日光下含着露珠的皎白的土豆花，错落绽放，构成晨曦下一道别致的风景。拍完土豆花接着拍近旁的几朵鲜花，这些带着露珠的花朵在阳光的照耀下，像泼了蜜糖似的，引得蜜蜂不离不弃地在上面吮吸。这里的蜘蛛网特别多，逆光看去横纵交错，非常清晰。我忘情地观看着，不断调换拍照模式，为能在霸湖岸边领略到如此的田间美景而欣慰和陶醉。

不知过了多长时间，房屋的主人从院子里走过来，我们简单地交流几句后，便结束了这里的拍照。

这时，静静的霸湖，开始渐渐苏醒。我沿着甬路自西向东朝大坝的方向走去，从堤坝的北岸朝南望去，湖面呈灰蓝色，左岸是一座三孔石桥，阳光有力地照射在桥下的石壁上，桥面两侧50多米长的栏杆扶手错落有致，为画面增添了几分美感。湖中心是一棵生长得十分茂盛的老榆树，根扎在一堆绿草中，东西两侧是连绵不断、杂草丛生的滩涂，仿佛一道绿色天然屏障。

为了轻装简行，也为了补充水源，我将包内的黄瓜拿了出来，就着携带的田野泉酱，津津有味地吃着，黄瓜香脆可口，感觉身体立刻充满了能量。

心仪桃源，无限风光尽收眼底

穿过石桥，远处可见世外桃源的红色房屋，心中不觉充满着激动。回头望着湖里的树木蒿草和远处岸边的民房，手持相机精心地构图。坝面是砂石铺修而成，路的两侧是稻田和玉米地，有一处玉米地里还淤积着大量雨水，玉米秸秆倒在水中，叶子在水中散飘着，倒有一些湿地风光的味道。路的东侧，偶尔可见被淹的稻田，依然被水浸泡着，稻田池埂距水面仅剩几公分那么高。路边生长着江蒿草，偶尔夹杂着野花。在两块玉米地之间的泥泞土路上不时积满了一汪汪水，让人不由联想起过去在农村去田间查看的情景。走着走着看到"世外桃源"的大牌子了，牌子下方的路一直通往王暴岛，路两侧是玉米地，偶尔有几辆车在身旁经过，扬起一些尘土。就这样一路观风赏景，不知不觉到了王暴岛门前，路两旁一朵朵粉白相间的花在向游人招手致意，我情不自禁地连拍数张。周末的王暴岛也许是时间偏早的关系，来的游人不多，只看见有两个人在东侧的池塘边坐着垂钓，也看见两三个像是岛上的人员在忙于活计。

西侧的水面上有几柱喷泉在吐水，但是没有以往来的时候壮观。循南侧岸边往西走，原来这里还没到荷花盛开的旺季，远望荷花像是没绽放似的，只有走近板桥通道时，才偶尔可见荷叶下面掩映的荷花，虽然离得不是很近，但镜头拉近，还是能够清晰地拍到荷花叶片和花瓣的。在通道上，拍下了片片荷叶平躺水面的情景，几乎每片荷叶的中心都含着一块鸡蛋大的水珠，看上去别致极了。自北向西朝南再向东折回来，走了一个"？"形，总算拍到了满意的荷花，这些荷花姿态各异，有的含苞待放，在逆光下看去，似一盏盏透亮的花灯；有的舒展着花瓣，蜜蜂在花心起舞；有的花瓣滴着水珠，叶片上还连着蜘蛛网，粉红的花叶和黄色的花蕊在阳光映衬下显得格外美丽。

拍完荷花，我来到东侧的池塘，和钓鱼的两位侃了几句，又绕过他们找了个最佳位置，拍了几张荷花池和北侧的房屋浑然一体的画面，最后在长条椅子上歇了一会儿，时针指向8点半，该返程了。

沐浴归途，拖着疲惫的身心继续前行

回去的心情和来时的心情多少是有些不一样的，虽然一路上都是同样的景色，但归程更觉轻松，不受时间限制，可以放开心绪边走边拍。望着笔直的平坦的道路和两侧的庄稼地，暖暖的阳光烤着后背，湿润的小风吹着面颊，夹杂着泥土芳香的田园美景尽收眼底，也许这些景物对于农民来讲司空见惯，可对于久居市区的人来说就备感亲切，这熟悉的玉米地，原野吹来的微风，勾起了我对幼年乃至学生时代的许多回味和遐想。

当年，在我还是一个初中生的时候，经常随父亲来到拉林河的东岸——黑龙江省五常县民乐乡的张易屯、徐家屯送货，拉林河是必经之地，而每次去哈尔滨在五常安家镇上火车也要途经拉林河，每次立于拉林河大坝上，或者走在稻田间的砂石路上，也是有种清新的田野之风吹来，里面夹杂着稻花之香。还有玉米地之间泥泞路上的水坑子，也是小时候经常见到的，

都能唤起很多有趣的回忆。

　　按说可以坐车返程，但还决定徒步回去。当走出霸湖景区来到张家店的榆三公路上时，对面一户人家墙外大门旁各色盛开的鲜花吸引了我，对着这些花束变换模式拍个不停。拍够了再上路，身后的车辆风驰电掣，时而有没坐满员的出租车按着喇叭明示，也有班车在站点停车，我不为所动。大约10点半的时候，走到了黑大线东侧的一块三角地。这块三角地对我来说再熟悉不过，3年前刚步入摄影手持卡片相机的我，对什么景色都感兴趣，有一次与摄影界的朋友同乘一辆摩托车途经三角地，在这里逗留拍摄一个多小时。如果不是所带食物精光，体内能量已经消耗殆尽，我是一定要走进三角地，看一看这里的变化，找一找过去的感觉。但此时的我只渴望眼前有一片瓜地，或者柿子地，或者超市，可越是这样渴望越是看不到。我决定从北外环返回，于是顺着三角地右侧公路朝去扶余的方向走去，终于在快到十字路口的地方发现了一家超市，心想这回总算有救了。

　　休整大约十分钟后，我收拾物品准备启程，还拍了一张场景用以纪念。沿着公路左侧在树荫下步行，不时张望着路旁的景色，大地里陈家屯儿的一栋栋大棚敞开着门帘，里面栽植的黄瓜、豆角及西红柿呼呼地散发着热气。到四号气站的位置，我拍了一张图片留念，途经陈家路口时，我没有选择从屯中穿过，径直沿着公路行走，在一片树林旁的小道口下路，走了不到百米便是苗圃地块，停下来在这里拍了几张紫红的树叶。途经一片玉米地，又拍了几张玉米胡须的特写，这些玉米胡子在童年的时候经常看到，只是没太注意，时隔二十几年，如今这玉米胡子倒成了繁杂市间稀有之物，像是少女梳着各式的头型，活灵活现。当走到一片向日葵地旁，已经很疲乏的我再次停下脚步，拍完整景拍微距，算是补回了去时路上没有拍摄向日葵的遗憾。从陈家屯西往南走，眼前出现一片葱地，我突然想起过去在老家栽小葱的情景，于是选了两根嫩一些的葱叶掐了下来，本想吃过这两个葱叶还可以充饥走一阵，结果葱叶很辣，吃到一半就扔了。在走到小区道北的棚户区时，我尽量顺着房檐下的阴凉处行走，这时正值中午，温度也是最酷热的时刻。强支撑着走到小区，在超市买了一瓶凉矿泉水，一步一挪地强打精神上楼，当推开房门的刹那，我两腿彻底瘫软了，懒懒地将相机包丢在凳子上，连脱衣的力气都没有了。

这次徒步远行拍摄，也可以说野外拓展训练，虽然已经过去了一个来月，可每当想起"急行军"的过程就不免心潮澎湃。也许在一些人看来，这种做法有些幼稚可笑，完全可以结伴或者乘车而行，没有必要这么犯傻。虽然挨了一次累，遭了一些罪，但我在精神上无比的充实，这是我有生以来最值得骄傲和引以为自豪的一件事了，这是对我每天坚持早晚徒步健身的一次检阅和拉练，是一次在艰苦条件下对毅力和耐力的考验和挑战，这种在困苦面前毫不退缩、勇往直前的精神和气概，将鼓舞和激励着我努力做好今后的每件事，将成为我终生的经验和财富。

载于 2013 年第 5 期《榆树人》

齐殿云和她的榆树小乡

我出生在20世纪60年代末，在我童年的记忆里，齐殿云的名字和小乡的字眼在书报中频繁闪现，"学大寨赶小乡"成为时代最强音响彻耳畔。长大后才知道，小乡是当时榆树县光明公社东方红大队的一个生产队，后来并入土桥镇成为皮信村13组。齐殿云是小乡的唯一女共产党员，她不甘贫穷，勇挑重担，带领小乡人创造奇迹，使小乡成为吉林省农业战线上的一面旗帜，她也因此成为全省乃至全国家喻户晓的人物。

阳春四月，草木吐绿，带着从未有过的惊喜，我再次驱车来到小乡，踏进白头沟，走进小乡展览馆，穿过历史的云烟，寻访齐殿云当年奋斗的情景和小乡曾有的荣耀。

展览馆由当地民营企业家陈柏华个人出资兴建，连同齐殿云墓、接待站和会议室等设施，总计投资300余万元，展馆总占地面积5000平方米，其中馆舍面积800平方米，馆内藏品2000余件，从2007年建成后一直免费开放。2008年至今，小乡展览馆被先后确定为榆树市青少年爱国主义教育基地、榆树市中共党史教育基地、长春市爱国主义教育基地、长春市中共党史教育基地、长春市未成年社会主义核心价值体系教育基地；吉林省中共党史教育基地、吉林省青少年校外科技活动示范基地。小乡展览馆对外开放后，每年的来访者络绎不绝。

在展览馆里，我了解到齐殿云生于1920年，1949年加入中国共产党，她是黑龙江省五常市人，结婚后举家搬到榆树县小乡。小乡原本是光明公社东方红大队的一个穷山沟，解放前散住着几户人家，并没有村名。1959年光明公社在这里办了个饲养场，陆续迁入几户人家。这里生产条件落后，生活状况低下，"老牛破车疙瘩套，两头毛驴没草料"是对小乡当年的真实写照。在饲养场，齐殿云带领大家养鸡，由于她待人和蔼，朴实能干，经常帮助人，在村中很有号召力，成为大家的贴心人和主心骨。饲养场解散后，她给大家鼓劲儿说："国家的任何地方都需要建设，越是没有条件的地方我们就越要干。只要大家抱成团，下定决心干，天大的困难也能战胜。"

1962年，小乡屯成立了生产队，齐殿云担任政治队长。这时的小乡，只有13户人家，73口人，能下地干活的只有19人。生产队非常穷，全部家底只有4头老牛，其中两头掉牙、一头瞎，外加两条毛驴和一辆破花轱辘车。耕地只有13.87公顷，分布在十沟、六岭、三道坡的55块土地上。岗地是白浆土、洼地是黄鳅泥，土质瘠薄，晌产粮只有975公斤左右，口粮260斤，"花钱靠贷款、吃粮靠返销"，在全县穷得出了名。

面对一穷二白的状况，齐殿云没有被吓倒。缺绳套，她带头向队里交上纳鞋底的线麻；饲料不足，她带上村民起早贪黑去割草；种子不够，她就和大家一起到邻村找亲戚朋友们借。

现年71岁的李淑珍老人当年和齐殿云是邻居，她这次应邀担任讲解员，她指着一张黑白照片讲起了齐殿云带领7名妇女大战白头沟的历史。"白头沟，白头沟，小雨扒层皮，大雨冲溜沟，庄稼年年种，十年九不收。"为了治理水涝灾害，齐殿云迎难而上，和7名妇女一起挽起裤脚，踩着冰碴儿，挥锹抡镐，在白头沟里不顾疲劳苦战45天，终于挖出排水沟11条，顺水壕45条，做到了块块地边、垄头都有排水沟、顺水壕。

为了摆脱山洪对一些土地的冲刷，齐殿云带领村民兴修水利。1965年春，小乡的村民光着脚，挖淤泥，清坝底，运土打夯。一连18天，横沟修起了一条底宽24米、高7米、长度达62米的东沟水库，彻底解决了小乡的水患，保护了耕地。

小乡土质贫瘠，齐殿云认识到改土造田的重要性。利用农闲，她带领大家挖土改田，重铺优质土。挖草灰、抠麻泡、起圈底、房前屋后全堆满了优质粪肥，然后靠着一副扁担两只筐，把全部的粪肥挑到了地里。改良后的地块土壤格外有劲，粮食产量直线上升，小乡的名字也逐渐传遍全省、全国。

一心想着为国家多做贡献，这是小乡人的最大追求，从1963年开始，小乡人以争口气的精神铆劲干，在生产条件极端落后的条件下，连续夺得了农业大丰收。丰收后，小乡人首先想到的是国家，把打下来最好的粮食交给国家。

小乡人在大力发展粮食生产的同时，还造林、养鱼、栽果树，积极发展多种经营，极大地改善了村民的生活状况，许多人家盖上了砖瓦结构住房，自行车、手表走入每个家庭，生产队也买回了电视机。小乡成为全县乃至全省的模范典型，1964年，齐殿云被评为省市农业劳动模范，1969年，作为吉林省农业战线的代表参加国庆周年观礼，在天安门城楼上受到毛主席的接见。

1970年1月23日，小乡被中共吉林省委评为"苦战奋斗的红旗生产队"，并号召全省农业战线和各条战线的同志向小乡学习，全省迅速掀起了"学大寨、赶小乡"的竞赛运动。小乡人的事迹也被写进了当年的小学教材。

小乡人没有就此止步，在齐殿云带领下修造梯田。从1970年开始，每年秋末冬初，小乡人集中时间搞修梯田会战，一直干到1976年。有资料显示，小乡人在齐殿云带领下，发扬大寨精神，用一根扁担、一把镐，削平了4个山头，填平了5条沟，建立了5座山塘水库，修出了70亩梯田，造了37块共130多亩的小平原，植树造林8万多棵，乡道两侧形成了"道南是梯田，道北是平原"的美丽景象。

1979年、1982年、1983年，齐殿云连续三年被评为全国"三八红旗手"光荣称号，1976年出席了第二次全国农业学大寨会议，被选为四届全国人大和党的十一大代表。这时的齐殿云，已是中共吉林省委委员、省妇联副主任、榆树县（今榆树市）政协副主席。

实行联产承包责任制后，齐殿云从工作一线退了下来，她依然关注小乡的建设与发展，尽管随儿子到了榆树县城居住，还不忘就生产队出现的问题及时指正，也经常回小乡看望故土。

2002年11月30日18时58分，齐殿云同志不幸离世，享年83岁。在12月3日的葬礼上，榆树市委、市政府、市政协的领导高度赞扬了齐殿云艰苦朴素、扶危济困、乐于助人、勇于开拓的高尚品德，号召广大党员向齐殿云同志学习。

现年81岁的杨春生老人当年与齐殿云并肩奋斗，时任农业队队长，他感慨地说："齐殿云为人好，什么事都走在前面，她就是我们身边的焦裕禄，小乡人不会忘记她。"李淑珍老人说："小乡能有后来翻天覆地的变化，多亏有齐殿云这个带头人。虽然她离开我们17年了，这里的人们都怀念她，她艰苦奋斗的作风一直鼓舞着我们。"

从齐殿云家人的口中，还了解到发生在齐殿云身上一些鲜为人知的事情。20世纪70年代，小乡村民李某去吉林市办事，在车站有个乞讨的女孩朝她要钱。经过询问，得知女孩失去了母亲，父亲酗酒经常打她，女孩离家出走在吉林市流浪乞讨。李某把女孩领回家中，和齐殿云说了自己的苦衷。齐殿云觉得这孩子可怜，二话没说就收留在自己家中。女孩渐渐长大，在19岁时，被前来的父亲领了回去。

齐殿云大公无私，处处想着别人的利益。当年，清华大学给小乡2个推荐名额。工作组想让齐殿云的儿媳妇去，齐殿云不同意，把名额让给了与自己毫无关系的知青。1964年，齐殿云的长子从外地调回，儿媳妇回榆树需找个接收单位，便把希望寄托在婆婆身上。齐殿云认为这是私事，一直没有帮联系，至死，手续还压在柜子里。

从小乡走出来的军退干部周春林说，小的时候他经常去齐大娘家，齐大娘最喜欢他，去外地开会带回来的红铅笔乃至上海表都给他。周春林当兵后，齐殿云鼓励他好好干。周春林时刻记着她的话，好好干，不给小乡丢脸。他说，齐殿云的艰苦奋斗、一心为公、廉洁自律的精神影响着后人。

2019 年榆树市"我和我的祖国"征文大赛优秀奖

我心中的红色记忆

夜半，阵阵冷风把我从睡梦中吹醒，翻身起床后我又一次坐在电脑屏幕前，望着没整理完的红色足迹寻访文字，想起自己小时候看到过的很多战争影片，联想到参加工作后接触的老兵和红色故事，心头顿生无限感慨。

20世纪七八十年代的农村，精神文化生活单调而贫乏，看露天电影成为很多人的特别喜好。我喜欢看战斗片、反特片，听说哪个屯子来了好电影，宁愿跑出几公里也去看。看了反映抗日的影片《铁道游击队》《敌后武工队》《鸡毛信》，对日本侵略者充满了憎恶；看了解放战争影片《济南战役》《红日》《南征北战》，对国民党反动派更加痛恨；看了《英雄虎胆》《羊城暗哨》《保密局的枪声》，对敌对匪特的被擒拍手称快。正是这些红色题材的影片，帮助自己形成了爱憎分明的好恶观。

而我对军人的好感也源于对邻村一位"大兵"的认识。我的家乡小屯人称小五队，和我屯相邻是沟东的小三队，俗称"崔家街"，自小的记忆里经常有一位中等身材的老者右手挂着木棍从崔家街走来，在我家的房西路上经过，老者的一条腿几乎是绷直着走路的，屯里人说，他这条腿是在部队战斗负的伤，他是从战场上下来的幸存者，人们似乎忘却了他的真实姓名，都叫他大兵。随着年龄的渐渐增长，我对大兵愈加钦敬。

1990年初，我进入了镇政府做编辑工作，有幸接触了像大兵一样的更多回乡退伍军人，有一年我还特别采访了城顺村六合乡屯的老兵刘俊。这位榆树解放后火线入伍的老兵，参加过三下江南战役，跟随东北民主联军作战，一直打到海南岛。老人家热情豪爽，头发花白，始终身着一套绿色旧军装，看得出老人浓厚的军人情结。老人退伍后承包了村里70亩荒山和半坰水面鱼池，靠栽树养鱼发家致富。看到有村民种地苦于无钱买种肥，他就主动借给对方1000元；看到有村民食用菌栽培扩大菌房凑不齐木料，他就把自家准备盖房用的20根硬杂木借其使用。屯里50多户人家常年从他家借钱的有20多户，老人不收取利息。在老兵退伍不褪色的精神感召下，我写了篇《六合乡屯的无息银行》，发表在1996年9月5日的《榆树报》上。

2001年7月31日，是我进城工作的第一天，我踏进了市民政局办公楼，当晚便参加了局里为军队离退休干部举办的联欢活动。也就从这一天起，无论是现役军人，还是退伍老兵，包括他们的家属，都成了民政的优抚对象，我也有机会走进更多的老兵家庭，了解他们的疾苦和诉求，帮助他们解决实际困难。而后几年里，我写过很多优抚拥军方面的材料和文章，有时下乡还住在乡镇总结情况。

正是工作的便利，使我更加了解革命老区榆树的情况，榆树市的各级政府、各部门在这些年里，确确实实为老兵做了很多好事、实事。每年"八一"的慰问，已经形成了多年雷打不动的惯例。

工作之余，我也在探究着榆树的红色历史。

我去榆树市烈士陵园的次数较多。1945年12月27日榆树解放后，县政府在东门村建立革命烈士公墓。这里相继安葬了解放战争和抗美援朝战争革命烈士105名。1985年9月29日，正式建立榆树县烈士陵园，邓力群为陵园题词"永远怀念我们的革命先烈"。2003年，榆树市民营企业家陈柏华个人出资百万元把水泥墓基换上了花岗岩，用大理石修复了永久性墓碑，并建造了花坛和绿地。2012年6月，榆树市境内的12处884位烈士被统一迁入烈士陵园安葬。陵园现有建筑面积8726平方米，有大理石墓碑729座，共安葬烈士1626名。2009年11月4日被长春市人民政府列为长春市文物保护单位，是长春市党史教育基地、榆树市爱国主义教育基地。

从斑驳的碑文中，我了解到这里安葬的烈士中，有解放榆树县城、"三下江南"和抗美援朝战斗中英勇牺牲的。感到英雄其实就在我们身边，时代并不久远。秀水甸子、焦家岭、张麻子沟、其塔木等红色地名第一次闪进视野，知晓了其塔木攻坚战，对于四保临江战役扭转东北战局起到的重要作用。

此后我对东北的红色历史特别关注，不仅购买相关书籍，更是利用网络查看许多在书本上看不到的事件。近两年迷上了"今日头条"，那里面的许多文章和视频，都是我想迫切知晓的事件。尤其看了东北抗联的相关故事后，更加敬佩杨靖宇、赵尚志、李兆麟等出色的军队领导者。所以在去蛟河红叶谷和集安仙人台景区游览时，对看到的抗联密营遗址感到特别亲切，不仅反复拍照，还不厌其烦向知情人了解其中的故事。

2019 年春天，我利用去黑龙江省双城区送亲的机会，驱车赶往第四野战军前线指挥部旧址，在这里认真观看了两个多小时。前线指挥部在双城的两年里，先后指挥大小战斗、战役 22 次，其中著名的有新开岭战役，三下江南、四保临江战役；夏季攻势、秋季攻势和冬季攻势；成功策划了历时 50 天，歼敌 47 万的辽沈战役。这为解放全东北，继而夺取全国的胜利做出了不可磨灭的卓越贡献。

2020 年，在榆树市开展的"寻访老兵足迹"活动中，我参与活动共采访了 4 位老兵，最后写出了两位老兵的完整事迹。几位老兵都超过了 90 岁，言语表述都非常困难。他们是幸存者，通过对他们的深入采访和了解，我愈加觉得红色政权取得的不易，各级政府和全社会都应该好好善待他们。

这次榆树市作协组织的"寻访红色足迹"文学采风活动，把采风重点放到九台三下江南战役纪念馆，使我也有机会身临其境追寻红色足迹，感受红色力量，透过战争的硝烟，深刻了解发生在我们周边的那段红色历史。当我带领 18 名采风的党员在党旗前庄重举手重温入党誓词的那一刻，我意识到了作为一名共产党员应该担负的责任，我们不应该忘记初心和使命担当。

在榆树市档案馆，红色历史占有一席之地，我认真地看完杜伯华、李恩举等 8 位抗日英雄的事迹，深深地感佩他们的革命精神。他们是我们榆树的骄傲，也是无数后人学习的榜样。有关三下江南的一组数字告诉每位参观者，榆树是解放战争期间全省参军人数最多的，支前的规模也是最大的。

对榆树的这段红色历史，长春市档案馆也有所记载：在解放战争年代，榆树参军数量居全省参军人数之首。

硝烟早已退去，英雄并未走远。让我们继续寻访红色足迹，讲好英雄故事，传承革命精神。这不仅对现役军人是极大的鼓舞，也是对逝去英烈莫大的慰藉。

载于 2021 年 8 月 9 日 "榆树文联" 公众号

百里征尘叹砂路

　　盛夏，骄阳似火。我们同行三人受命，对全镇 12 个村的多种经营情况进行走访调查，历时半月，所经 66 个自然屯，行程逾百里，所到之处，除感叹多种经营发展速度之快外，感触最深的就是这一条条连接村屯的平坦的砂石路。

　　十年前，我们全家居住在拉林河西岸的文明老屯，由于地理位置的关系，河东水西的朝汉两族素有来往，当时读初中的我便经常随父前去河东，而每次前去，感叹最多的就是那里的道路及屯容屯貌。过了拉林河，上了大堤坝，顺着平坦的砂石大道，一排排粉刷黄白涂料、格外刺眼的洋瓦盖房便映入眼帘，这边是朝汉混居的张易屯。走在屯内，你会惊叹这里的优美环境，街路笔直平坦，砂石垫道，街路两旁流水潺潺，清澈见底，不时有人在浣洗衣物，再看住房是清一色的砖瓦结构，而且错落有致。在这里，无论是自然环境，还是人的衣着打扮、社会风俗都会让你耳目一新，大开眼界。而这一切和居住河西的我们却如天壤之别，当时我们这里很难找到几座像样的砖瓦房，且房不规整，路不成形，院前拴猪马，路边做粪坑，雨天一到，院内院外根本无法下脚，满路是泥，即使天晴，也是辙迹斑斑，不便行走。这仅一水之隔的强烈反差，不禁使人感慨生之遗憾，在人家面前顿觉短人一等。

没想到，几年后，我们竟也有了自己的砂石路。那是1992年，镇里提出村村通砂路，并下决心对乡村路进行全面整修，于是镇政府至12个村全部铺上了砂石，算是实现了晴雨通车。接着，村屯路、屯屯路也得到整修，特别是今年，镇党委反复抓村屯路的整修与绿化，对原来的路提高了标准和档次，做到了"路平保畅行，沟直水贯通，街道林荫化，长年保卫生"。如今，在泗河，你随便走哪一条路，都是砂石铺道，而且有半数村屯去榆树、五常在家门口就可上车。我们走访的桦树村太平屯，50多户人家，有30多户盖起了砖瓦结构住房，并建起了标准的院墙，墙外插柳，两条平坦的砂道横贯全屯，简直让你不敢相信这就是当今的泗河乡下。吉兴村大崴子屯是近几年发展起来的庭院经济规模屯，每天一早就可看见村民去五常卖玉米和香瓜的情景，村民杨某1985年起就扣棚种菜，当时遇到雨天，他就用肩挑菜到离家6里远的镇集贸市场去卖，现在路修好了，过雨就叫上道，每天用自行车驮菜可往返数趟，真是应了"要想富，先修路"的民谚。随着生活条件的改善，人们的交通工具也在发生变化，在泗河你不得不承认自行车逐年减少的事实，代之以便捷的摩托车和机动车，在村屯砂路上自由驰骋。

半个月的调查很快结束了，我们在轻松愉快的心情下完成了党委交办的任务。行途中，我们丝毫未感到困顿和颠簸之苦，相反倒觉得这像一次生命的旅行，那每条砂石路，就像人生的每段征程，而所经的每个村落，仿佛人生的一个个驿站，在你小憩之后，它又激励你满怀信心地上路，奋然前行。

载于 1996 年 8 月 27 日《榆树报》副刊

我依恋你的山山水水

榆树，是全国产粮大县，素有"天下第一粮仓"的美誉；榆树，是具有革命光荣传统的老解放区，连续九届夺得全省双拥模范城的殊荣；榆树，人文历史厚重，盛传"叔侄五进士，兄弟两翰林"的故事。榆树，值得家乡人骄傲的地方有很多，然而，我想说，这里的每座山、每条河都令我依恋，我深爱着这里的山山水水。

我对家乡的山水有很深的情结。孩童时代，距家里五六里路远的地方有座南山，那是我们玩耍的乐园，同学们野游，伙伴们放牧，来回几公里路乐此不疲。村西头有条大河，天热了，伙伴们下河洗澡，水中嬉戏，带来很多欢乐。走进中学，学校周围有几处山林，午休时乘凉，或采摘野果，活动时藏宝，度过难忘而快乐的时光。暑假或周末，我时常随父亲去河东一带、去哈尔滨，往返要乘坐一只木船经过拉林河，至今想来，都是美好的回忆。后来参加了工作，走出了小镇，走进了榆树城，才知道外面的世界很大，才知道在榆树境内还有一些山和一些河。

青顶山，是参加工作后去过的第一座山。这里地处新立镇青顶村，距榆树市区16公里，占地570公顷。2003年的端午节，单位组织职工来这里旅游，我借了部傻瓜相机，一路抓拍。大家沿着山路行走，有说有笑，爱拍照的女同事用野花做道具，这是最放松的一次旅行。10年后，携朋友再次来到青顶山，这里树木葱茏，野花飘香。我们蹲下身，在草地上挖起野菜；又登上高高的防火架，俯瞰青顶山全貌；在一处防雹炮台前，几人轮番摇动着方位杆像进入了阵地的战士。今年四月，我两次带家属来这里挖野菜，婆婆丁、小根蒜应有尽有。尽管是风大物燥的季节，可这里遮风挡雨，极少扬起灰尘，远离喧嚣，仿佛走入了世外桃源。

慕名登上花园山，是五年前的事。从论坛的几张图片里，我发现了这里的美，并先后三次来这里。这里最高海拔302米，号称榆树第一高。其实最有看点的当属秋季，到处都能看到色彩斑斓的枫叶。漫步在水泥山路上，不时可见两旁的红叶向中间聚拢，宛若在红叶长廊里穿行。还有散落山坡的树叶，它们姿态不同，或躺或卧，或扎在泥土，或从容站立，有的亲密相依，不禁联想起人的精神和品格。特别是榆树市文联组织的花园山采风，行前详细看了有关花园山的资料，老作家杨子忱现场讲解花园山的来历，林场领导对花园山的概况做了介绍，走进白桦林，行经花园庙，了解到花园山很多传奇故事，领略了这里厚重的人文底蕴。

榆树还有个摄影人青睐的太平岭，这里归城发乡管辖，地处榆树至五常301省道李合段。这里的山坡树木林立，高耸入云，山谷是种植着玉米、水稻的农田。树木间隙大，空旷、通透，行走其中，倍感凉爽和惬意。到冬季，大雪过后白茫茫一片。为了拍雾凇，摄影人不时在这里相遇。今年春节过后，在一尺多深的雪地里，我走出一百多米，进入一条山岭，眼前的树木挂着厚厚的雪花，枝条、叶片俏丽无比，我忘情地徜徉其中，全然忘却了冷，忘却了回家。

雷劈山山水相连，每个季节都有不同的风景。十几年前，我第一次来这里时，山下的河水没现在这么大，人们可以踩着石块走到对岸的老闸口。后来是清明节后踏青，山上光秃秃的，错落的树木清晰可见，山坡刚冒出青草，能看到一些野菜。这两年的端午节，来这里的人明显多了，人们在水边嬉戏、拍照，在林荫下玩耍、露餐，蹚着清浅的拉林河，长长的人流，服饰五颜六色，一眼望去，十分壮观。

榆树分布着一些水系，五棵树，是我去过次数最多的地方。滔滔松花江从五棵树经过，以北岸码头向两侧延伸，形成20公里长的沿江旅游带。码头上停有游船，逆流直上大坡江桥，顺流而下乌金屯，都是观赏沿途风光的不错选择。松江峡谷以独特的地貌闻名，地势陡峭，沟壑纵横，堪称榆树的"泥林"，使参观者大开眼界。

市民最为青睐的是霸家湖，该地位于榆树市区东北部，归培英街道管辖。这里，被称为"榆树摄影家协会拍摄基地"，无数摄影人经常光顾。也引来西面八方的游客。我见证过霸湖的四季风景：早春，来这里寻找初春的新绿；盛夏，驱车前来拍照日出；秋季，约朋友在湖面泛舟；冬天，带女儿在冰面上玩雪。更为称奇的，是霸湖南面两公里处的世外桃源，这里有多处水塘，水塘里盛开着荷花，来观赏者络绎不绝。

老干江湿地远近闻名，在大坡渡口可以观赏到荷花，岸边又可以品尝新鲜江鱼。在秀水闸口大坝远望，蓝天、绿树在水中倒映，仿佛置身梦里水乡。老干江冬捕的场面最为壮观，每次都吸引来上万名群众。由于这里生态资源保护良好，自然风光独特，有丰富的水产鱼类，鸟类野生动物繁多，2011年被国家林业局确定为国家级湿地公园试点单位，未来几年，有望被打造成东北的"白洋淀"。

李合水库湿地，在榆树也小有名气，这里地处榆树通往五常的公路两旁。每逢夏季，几十种鸟类来此栖息，经常看到成群的飞鸟在水库上空盘旋。这里也是集体活动的首选之地，岸边有一片杨树林，非常适合露营。全民上冰雪活动曾经在这里举行，数以万计的运动爱好者，不顾天气寒冷，在雪地上跳舞、踢足球、坐机械爬犁，足见榆树人参与活动的热情。

榆树还有山水环绕的山庄。位于榆树市区东面的明月山庄，菜园里种植蔬菜、水果，院外有自然形成的水塘，开发了冰雪旅游、农业观光、垂钓休闲、果蔬采摘、健康美食、生态养殖等项目，是长春市"休闲农业与乡村旅游示范点"。花园山庄地处土桥镇，位置虽然偏僻，但水面呈梯形分布，三面环山，有十几间房屋围成的院套，有洒满林荫的坡路，垂钓休闲、独处静养，这里最为理想。与李合太平岭一道之隔的安济山庄，河面架有木板索桥，山坡建有松木小屋，冬季在冰面上游玩，夏季在石桌上野餐，为市民所青睐。而地处李合街道南行八华里处的泉水山庄，则以盛开的荷花和新栽植的郁金香引来无数游客。

榆树的山林、山庄、水库、河流，这里不一一细数。这就是我的家乡，山不险峻，甚至普通，却透着底蕴和厚重，水面不多，平淡无奇，但充满灵秀和温婉，我依恋这里的山和水，依恋这里的土地、这里的人，这里有我的根脉。

载于 2022 年 12 月 24 日《吉林日报·东北风》周刊

四季放歌

小窗看四季

我家厨房的北部，是一扇塑钢玻璃窗，它是我放风的窗口，是客厅对流的要道，更是我抒发情感的平台。

每天清晨起来，我都要轻推开窗，判断当日的天气，测试早晨的温度，或者把头伸向窗外，呼吸凉爽的空气，淋浴轻柔的风丝，体味时光的静好。每当深夜来临，我也会来到窗前，看远处东外环稀落的灯光，望对面楼房里闪动的电视画面，感受街路上车辆穿梭和学生放学的熙攘。

一年四季，从小窗口里看黎明日落，把一个个季节送走。春季，地面残雪消融，路旁柳梢放绿，倚在窗口体味别样的美好；夏天，晨光乍泄，万木葱茏，偶尔细雨敲打着窗棂，也会带来一份惬意；秋季，艳阳高照，树叶飘零，远处大地里的玉米被放倒，人们收获着成熟和喜悦；冬天，带着人们期盼的雪花翩然而至，一场大雪，一场雾凇，一个又一个的美景留给人们欣赏。

小窗，给了我无尽的思索，带给我很多的灵感。曾几何时，我伫立窗前，望着袅袅升起的炊烟，酝酿着醉人的诗句；或者展开书籍，品读里面的人物故事，在书香中汲取营养；更多的时候，我打开 QQ 空间，放飞思绪，任激情的文字如溪流一样涓涓流淌。

小窗，我挚恋的小窗，忘不了你带给我的许多清新与美好，我誓将与你朝夕相伴。

载于 2015 年 7 月 28 日《吉林工人报》副刊

眷恋家乡

随着年龄的增长和见识的增多，我越发喜爱家乡。

家乡四季分明，当一个季节没来得及厌倦，又飞快地进入下一个季节，春天的万物复苏绽露出希望与生机，杨柳抽丝吐绿很容易使人萌生出踏青的冲动；不经意间，夏悄然而至，街上开始流行起半袖衫，各色的鲜花仿佛一夜间怒放起来，分外娇艳；秋风乍起，满田野的庄稼熟了，人们开始忙于收割。你看吧，无论是忙碌的田间地头，还是枫叶烂漫的山谷，抑或是公路两旁一排排错落有致的防护林带，到处都是赏心悦目的风景；当秋天老人收起了步履，初冬的浪漫雪花又飘然降落，随着一场又一场雪的来临，大地和房顶一片银白，整个家乡成了银装素裹的世界。更令人惊喜的，是早春里的残雪消融、溪流淙淙的情景，走在春光明媚的路旁，回头凝视雪地上一行湿湿的足印，化了冻、冻了又化的雪水，总能勾起我们无边的遐想。

家乡值得垂爱的还有地产美食，吃惯了家乡的饭菜，即使是土豆炖白菜也觉得香喷可口，干豆腐卷葱蘸大酱也能吃得津津有味，而身处人生地疏的异乡，能吃到可口的家乡美食是很费周折的。也是在杭州，也许是我的浅陋，对当地的饮食丝毫吊不起胃口，而每到一家小店，想吃到东北的豆腐、土豆、白菜、黄瓜和茄子简直太难了，米饭更是吃不出家乡大米的香味，直至到了无锡，我才在一家落宿的餐馆里吃到了近似于家乡的大米，晚上的那道汤菜也找到了些许家乡菜的味道，空气也凉爽了一些，使我的旅途生活得到了些许安慰。

家乡使我眷恋还有一些人，亲人、同事自不必说，朋友是买不到的财富。当工作结束了，可以放松神经跟朋友们聚一聚，换种方式打发生活；不愿在家里待了，周末可以跟爱好摄影的朋友出去采风，抛却一切烦恼，全身心融入大自然中；甚至足不出户进行写作，将自己满意的作品发布到 QQ 空间和网站论坛，与文友们一起互动交流；还可以来到公园和广场，同运动健身的好友们一起跳跳舞、走走圈、踢踢毽子，在运动中感受身心健康带来的无比快乐。

前些日子，妻子听到同事在海南买楼了或者将来去大连定居很眼热，尤其是孩子准备留南方发展，问我将来怎么办？我说，孩子去哪里由她吧，有钱可以去旅游，哪里都不如家里好，这里人亲地熟，我离不开家乡。

载于 2015 年 5 月 26 日《吉林工人报》副刊

窗　外

我的办公室在五楼，楼前高低的房屋一座挨着一座，一些老房子的各色屋瓦交织错落。每天繁忙之余，我都要来到窗前，欣赏一番外面的风景。

早春时节，小城虽然退去了一些寒意，却阻挡不住春雪来袭，每场雪的降临，都为房顶披上一层银装，尤其早晚，家家升起炊烟，更为小城平添了几分意境。随着气温转暖，很快春雪化开，远远地可见房檐水滴成的冰溜子，晶莹剔透。

夏天来了，窗外一片清新，连空气都是甜丝丝的。我最留恋的是雨天，因为能看到别样的景致。楼下是条三米多宽的巷路，东西长达一二百米，路面由一尺多宽的水泥板拼接铺成，自窗口向东望去，蜿蜒的路面宛若江南的一条古街，烟雨蒙蒙中不时有人打伞经过，每每这时，我便想起戴望舒的《雨巷》："撑着油纸伞，独自／彷徨在悠长、悠长／又寂寥的雨巷／我希望逢着／一个丁香一样的／结着愁怨的姑娘。"

即使是秋季，窗外也看不出悲凉。阳光暖暖地投进一个个小院，路上传来机车驶过的鸣响，在窗口能清晰听见楼下居民的说话声，一些人家演绎着秋季储菜的忙碌。到了下午三四点钟，经常会有一群被鸽子放飞，保持着一定的队形，在平房上空盘旋。鸽子时常撒欢儿一两个小时，我也因此忘却了下班的时间。

最装点冬季的要算是降临小城的头场雪了。在红砖房的映衬下，纷纷扬扬的雪花从天而降，怎么看怎么美。而到隆冬时节，远处高耸的供热烟筒跳入眼帘，顶口喷薄而出的白色烟气，在微风的吹拂下缓缓飘荡，犹如白色的流云，在蓝天的映衬下，格外飘逸、潇洒。

由于钟爱摄影，窗口成了我最佳的拍摄地点。四季轮回，总有一些景物撩动心扉。如今，旧城改造，窗外的老房子破旧待新。可我依然喜欢站在窗口，哪怕是静静地观望。我知道，城市的面貌日新月异，窗外等待我的，将是另一番欣欣向荣的风景。而那些旧风景，就永远留在我的眼里、心里、镜头里。

载于 2017 年 7 月 20 日《长春日报》副刊头条

正月小记

天气真的暖了，几天的工夫，街面的冰雪化得一干二净，大地里也看不见了白色雪影，只留下雪融为水的湿湿痕迹。从微信、微博密集的祝福中，感受到"二月二"将要来临，忽然发现，一个正月就这样很快地结束了。

正月向来被人们认定为一年中最闲适的季节，在正月里，忙碌了一年的人们可以彻底歇一歇。农民是最闲的，懒散的人可以腻腻歪歪待上一个正月，打工在外的村民轻松地在家住上半个月又将远行，寒假返乡的大学生跟亲友、同学亲热够了开始返校，上班族轻松活跃了一周又陆续走上工作岗位，在白雪下了又化、化了又下的春冬季节交替中，人们依依不舍地咀嚼着年味，延续着春节带来的闲适与快乐。

头初五的日子是最美好的，地面铺了一层踩得厚实的白雪，稀稀散散的鞭炮纸屑随处可见，在阳光暖暖的照射下，人们穿着整洁利索的衣服奔走于城里乡间，走亲访友，传承着老祖宗留下的美德，亲朋好友相聚，打牌娱乐，一起吃喝，滋润的日子很快活。

破五一顿饺子，燃放一阵鞭炮，远处不时会传来双响子的叮当声，年味没有减退。最令人期待的就是正月十五元宵节，早早吃过晚饭的人们出来走百病、赏烟花、猜灯谜，公园和广场里人山人海，乡下爱看热闹的村民乘坐大客车来市区看烟花，度过美好的夜晚。回到家中，观看电视元宵晚会也是一大乐事，千家万户的灯都亮着，边看电视边啃着冻梨、吃着可心的水果，全家人其乐融融。

步行在人行路上也是比较惬意的，迎着清凉的微风，头顶和煦的阳光，眼前路面的白雪晃的人眯缝着眼睛，雪地一块块地融化，鞋子踩过，留下湿漉漉的印迹，没过几天又溪流淙淙、流水潺潺。如果再下场轻雪就更美了，在春季里人们还可以重温一下冬天。

即使坐在办公室里，也感受到了浓浓的春意，明媚的春光透过玻璃窗抚摸在脸上，窗外的机车马达声时断时续，耳畔是滴答的雪水奏着音乐，能感觉到农民们在热火朝天地忙着备耕。

正月是农历一年的开始，一年之计在于春，在这充满欢乐、喜庆的正月里，我们一路播撒希望，带着期冀，走向下一个季节。

载于 2017 年 3 月 1 日《劳动新闻》副刊

又到春雪开化时

过了惊蛰，转眼到了春分，气候一天天变暖，已是零摄氏度左右了。每年的这个时候，春风肆虐，会把大地上的雪抽干，街路两旁也难寻到雪迹，而今年不同，春雪渐尽，又一场雪降临，以至于现在很多地方还留有残雪，冰雪消融的情景随处可见，化了又冻，冻了又化，给这个季节带来别样的景致。

周末的午后，天气异常的暖，没有一丝风，天空中出现了少有的蓝。我走出了小区，摘下戴了一冬的口罩，呼吸着清新的空气，倍感生活在北方小城的幸福。

文体中心器械场，是我经常光顾之地，不仅因为这里人流少，更是因为这里有我喜欢的健身器材。刚走入场地，几堆积雪映入眼帘，这雪虽没有最初纯净，但也是很稀缺了。一旁是未化尽的冰层，上面是各种纹络的图案，隐约可见里面白色的气泡，很像小鱼睁着的眼睛。我有意将两只脚踩在雪上，发出"唰唰"的声响，和踩在冬雪上的"咯吱咯吱"意境不同。在冰层浅的地方，我试着将脚踏了上去，冰面立刻塌陷，随即里面冒出清水，瞬间淹没了鞋底。见势不妙，我赶紧拔脚撤出。这种情景，只有在当年上学时才经历过。

1982年暑期之后，我进入初中读书，就读的学校是青山中学下面的一个分校，每天上学要往返十多里路。那一年的冬雪很大，春天迎来大开化，上学时要躲闪着冰块走路，遇到特别光滑的地方，同伴们则牵着手通过。我们都很贪玩，有时在冰面上打着出溜滑，有时恶作剧猛跺几下脚，然后望着冰面行走的同学害怕的样子，感觉特别开心。放学回来时，冰层融化为水面，我们不时被截住去路。个别地方泥土松软，一脚下去陷进很深，这个时候像上演一场逃亡，伙伴们赶紧拔出脚向着干实的地面飞奔，每次到家都是鞋子、裤脚满是泥水，招致父母一番责怪，而我们自己却不以为意。

　　第二年转学到泗河三中，路程比先前更远了，每天不得不骑着自行车上学。到了春雪消融季节，上学时得意扬扬，放学路上可就遭了殃。由于路上雪水很大，有的地面很泥泞，污泥沾满了车轱辘，只得找来木棍用力去抠，最后实在推不动了，只有车子骑人，这样的遭遇每年都持续十几天，我们从心底里盼望着冰雪早一天化尽。

　　到了1990年以后这种情况基本绝迹，因为过去的乡村土路已铺上了砂石，后来又发展到水泥路，年年春天不管雪水多么大，放学时欣赏春雪消融、溪流淙淙，再也不用担心路途难走了。

　　因为有过当年的经历，所以对每年的春雪开化我都情有独钟，又由于喜欢拍照，自然不会放过欣赏雪融的情景。

　　离开器械场地，我朝田径场方向走去。在经过的一排楼房的阳面，一大片的雪地吸引住我，雪地中间融化的水流已经汇成玻璃似的水面，里面折射出楼房的倒影，我惊叹着赶紧跑过去拍照。更有一处景观令我陶醉，那是很多个方形的小冰块错落排列，在阳光照射下晶莹剔透，分外打眼，这应该是我此行的最大收获。

离开文体中心，我来到西部新区的水系公园，这里是我比较青睐的世外桃源。每年的春季，我都来这里看雪，这里比较空旷，行人稀少，积雪几乎不被人践踏，存留的时间最长，雪景保持得相对完好。

我从北段进入，顺着甬路拾级而下，长条状的河道里可见成片的雪地。在不远处的另一处池塘，分布着很多形状诱人的鹅卵石，我端详着镜头里的画面，在夕阳洒下的霞光映衬下，显露出一种无以形容的唯美。

中段的园区面积较大，不用刻意寻觅，随时可见积雪融化的情景。草坪里的残雪和冰层，有的连接着，有的分开一条缝隙，清凉的溪水环绕着，好一幅黑白相映的图画，无论是白雪，还是冰块，抑或是流淌的溪水，都呈现出不同的姿态，让人叹为惊奇。走着走着，一处融化的水面吸引了我，那画面简直太美了，水面似一面明镜，反射出一排树木的倒影，我甚是惊喜，飞奔了过去，自然又是一顿狂拍。

南段园区，是我原本也要去的地方，怎奈一片水域挡住去路，水面狭长，面积在20平方米左右，再看两边的草坪，已被雪水浸湿，脚没等落实就沾了一鞋底泥，硬闯过去一定会把鞋子淹没的。我不想去冒险，索性收回脚步在冰层边玩了起来。可是脚刚踩上冰面，随着细碎的响动，冰面闪出一道裂纹，一股水迅速上涌，我赶紧把脚撤了出来。而后将脚蹚进浅水层，任雪水冲刷着鞋面的脏，仿佛又穿越回当年的时代，玩得起劲，竟有些乐不思蜀了。

　　这个春节，这个春天，人们在家憋得实在太久了，现在一切都将恢复常态，街路、超市、广场、公园，人流立刻多了起来。徜徉在春雪消融的氛围中，我醉心于欣赏和拍摄，耳边是手机广播随机播放的节目，歌曲、资讯此起彼伏。

载于 2020 年第 2 期《榆树人》

寻访冰凌花

去年清明节，我结束了回乡祭祖，再一次绕道于家寻访冰凌花。尽管公路凹凸不平，时有颠簸，但丝毫没有影响寻访兴致。几乎每经过一片山林，我都停车到里面瞧瞧，希望冰凌花能奇迹般出现。功夫不负有心人，果然在路边不远处的山坡上看到了冰凌花，这些花尚小，不太被人注意，生长在朝阳的坡面，附近没有雪，地面显得很干燥，脚踏上去掀出很多尘土，顷刻工夫，鞋子沾满泥渍，裤腿全是灰土，样子甚是狼狈。我仔细地扒开草叶，冰凌花露出可爱的笑容，开始是发现了几株，后来发现了成片，我庆幸自己找对了地方。

对冰凌花是否顶着雪开放，我一直存有疑问，尤其是连续两年的寻访，使我确信冰凌花开放时根本没有雪。一位经常出去摄影的老哥纠正了我的偏见，他说有一年他就拍到了雪中的冰凌花，称清明节期间的温度，山坡的阳面确实没有雪了，除非再下一场雪，否则拍不到顶着雪的冰凌花。

说来天公作美，去年4月中旬果然下了一场雪，我迫不及待地约上这位老哥，和他一起赶往青顶山。翻过一道坡，他便掏出相机，嘱咐我注意脚下。随着他的指引，一簇簇冰凌花呈现眼前，我欣喜若狂，赶紧举起了相机。老哥麻利地掏出两个小手电，俯身放在距离冰凌花一尺远的地方，电源打开，将原本暗淡的冰凌花照亮，淡绿色的光芒也打在近旁的白雪上，只可惜冰凌花没有张开，抱得紧紧的，像是紧缩着头和身体，防止严寒的侵袭。

冰凌花怎么是闭合状态呢？我禁不住发问。

老哥说："这你就不知道了吧，天冷时花朵闭上，天暖了才张开。"

"要是拍到开着的花就好了。"我话语里带有些遗憾。

"别着急，一会儿就让你拍到开着的花。"他安慰我。

稍后，老哥放下相机，双膝跪了下来，身子前倾，用胳膊肘拄着地面，头伸向冰凌花，张开嘴，将冰凌花抱紧的头含进口中，均匀地呼出哈气，用口腔的热度温暖着冰凌花。我被眼前这一幕惊呆了，一面觉得可笑，一面为之动容，老哥像在呵护孩子一样，为冰凌花送去足够的暖。一会儿工夫，花头慢慢张开，虽然不大，但总算能看到里面清晰的花蕊了。

雪花依然轻轻飘落，落到地面融化为水。再看我们，鞋子里是湿的，裤子上沾满雪水，老哥仍在乐此不疲地翻弄相机，这是我最长见识的一次摄影。

载于 2021 年第 1 期《榆树文化》

愉快的春游

在一个春光明媚的日子里，我们相约 20 多人前往距离市区 40 多公里的雷劈山采风。雷劈山地处吉黑两省交界，方圆 100 多公顷，虽然面积不大，但依山傍水，每年都吸引来众多的人群。行前，我们几个倡导者早早来到菜市上买了新鲜的小葱、西红柿、旱黄瓜、干豆腐，又到超市里买了部分食品，就这样，大家搭乘两辆面包车前往目的地。一路上，我们有说有笑，嗑着熟瓜子，分享着可口的小吃，阳光洒进车内，每个人的脸上洋溢着幸福与温馨。

这个季节结束了风干物燥，一场春雨洗礼后的田野，小苗罩垄了，林带旁、沟塘边、道路两侧，浓浓的绿意连成一片，待车辆走近时，绿草青枝却是稀稀疏疏，这时我的头脑里不止一次涌起"草色遥看近却无""最是一年春好处"的诗句，心中不禁生出对古代诗人形象描绘早春的由衷赞叹。

车辆在山头的一处平坦高坡停下，人们纷纷走下车，排成长长的队列前行，没等到达半山腰，几个摄影爱好者便禁不住取景拍照，同行的美女们也自然充当了模特。雷劈山与众不同的地方是有水系经过，松花江的大支流拉林河水面宽阔，西岸是山坡、树木，东岸是一马平川的沃野，一座废弃的闸门于东岸伫立。我们本想涉水前去，怎奈水势漫过堤坝，只好在西岸逗留。在靠近西岸30多米宽的中间水面，大小不等的青石裸露，河水咆哮着跳过石头空奔涌向前，流水击打青石声不绝于耳。强烈的拍照欲望使姐妹们忘记了胆怯，她们小心翼翼地踩着石头，在河面的大青石上站稳了脚跟，做着各种姿势，让留在岸边的摄影师拍照，直到大家一一拍完了，才返回到山坡去挖野菜。

山上的婆婆丁、小根蒜随处可见，姐妹们有备而来，拿出了铁刀片，见到目标就蹲下来开挖，然后磕掉夹带的泥土，将挖到的野菜放入手提袋里。遇到成撮的小根蒜，还俏皮地当作道具，在树木下留影。不一会儿工夫，大家挖到很多野菜，又开心地围坐一起，边聊天边摘弄挖到手的成果。有拍照兴趣的，则不放弃任何的机会，在人群中抓拍，一片另类的树叶、一株不常见的植物，都会吸引大家去拍。

结束了挖野菜，游戏互动环节更热闹。大家每隔一米蹲一个人围成大圈，饶有兴致地玩起了童年时代的丢手绢，没有手绢拿口袋替代，每个人都不敢大意，稍有疏忽就有可能被追上来的同伴推到圈内唱歌，不会唱歌讲故事，或者趴地面至少做五个俯卧撑。丢手绢玩够了，又玩起了老鹰捉小鸡，被捉到者也是当众演节目。游戏考验人的反应能力，又能看出体质优势，充满了惊险和刺激，大家有说有笑，仿佛又回到了童年，忘却了年龄和身份。

采风很快结束了，短暂的旅行带给我们的是绵长的回味。大家同在一个城市，在不同领域工作，有着相近爱好，又都如此喜欢疯玩，每次出游，都是远离城市喧嚣的身心释放。

写于 2014 年 5 月 8 日

怀念漂流时光

烈日炎炎，正是漂流的绝好时节，每逢这个时候，我都会想起过去与同伴漂流的日子，尽管已经漂流过六次，可每次结束都有种玩不够的感觉。

我是个摄影迷，不会放过任何摄影的机会。5年前的一个夏日，我随某美容院的组团去舒兰市北大碰子漂流。为能记录下生动的漂流场景，我将卡片相机带在身上，还小心翼翼准备个塑料袋保护相机。午后的阳光很毒辣，可过了一会儿突然乌云笼罩，天空瞬间细雨纷飞。利用雨隙，我抢抓每个生动的镜头，拍得正起劲时，镜头突然变得模糊，只好收起相机。回来后，大家盛赞我的拍摄技术，而我却付出了不小的代价，尽管拆开相机在阳光下暴晒，找来吹风机用力吹，仍无济于事，最后只好去省城换了配件。

有了相机进水的教训，第二年漂流时，我将相机留在了车上，全身心地加入打水仗行列。身为"好战分子"，我不知天高地厚地向熟悉的伙伴挑衅，水仗打到胶着状态，水枪喷射，短盆相接，打得耳朵进水，眼冒水花。受过"欺负"的伙伴伺机报复，联合起来朝我包抄，见势不妙，急忙调转船头火速驶离包围圈，避免了被"痛歼"的厄运。

玩漂流几乎没有不湿身的。第三次漂流时刚下水就遭到一群敌手的暴袭，突破包围后我已成了落汤鸡。在前进的水面上，熟悉的人用扬水打招呼，抵挡不过就示意投降，否则打得不可开交。亲眼看到一名老兄采取迂回战术，两船靠近时一手拽过其船帮，另手将满盆的水朝对方头顶灌下去，一盆、两盆……对方两手乱抓准备反扑时，这老兄又嗖地将船划远了。

漂流进行了一个多小时，人们打累了，开始进入歇息模式，这时同船伙伴拿出吃的喝的。水面平缓，皮艇顺流而下，两三个人躺坐自如，或倾心地畅谈，或静静地欣赏水光山色。

上船漂流一般都是男女搭配，男子须承担起保护者的角色。第四次漂流时我们一船三人，其中两名女生，邻船的三个兄弟好生羡慕，执意要把一个女生换过去，女生不同意，因为我划船有经验，能够轻松地避开树毛子，遇到浅滩时下船或拉或推，她们觉得有安全感。

最刺激也最危险的是红河谷漂流。红河谷地处辽宁青原满族自治县，有"北方第一漂"的美誉，水流湍急，落差较大，稍不留意便有落水危险。同去的一位哥们正坐船舷上讲着笑话，一个浪头将他打下皮艇，他急中生智憋住一口气，才在被水流冲走百米后抓住了身边的皮艇。还有位同伴，下水推船赶上水深流急无法上船，两手抓住船尾漂出一百多米才爬上船。我也险遭厄运，自以为坐在船头很安稳，结果后边上来一个皮艇猛撞到船尾，我顷刻间跌落水中，而后奋身翻跃，恰好抓住了身旁的皮艇，才摆脱了险境。回家的路上，大家畅谈心得，我用对联"一个猛子扎下去，两个跟头翻上来"形容自己，博得众人哈哈大笑。

　　屈指算来，又有两年没去漂流了，特别怀念打水仗时的刺激和"舟行碧波上，人在画中游"的惬意。这个夏季，倘若有哪个团队再次组织漂流，我还要参加。

写于 2016 年 7 月 4 日

夏日情结

　　所有的季节中，我原本是最讨厌夏季的。因为燥热，因为蚊子多，因为雨水勤。可是随着年龄的增长、环境的改变及兴趣爱好的多元，我对夏天的态度发生了巨变。

　　比如雨，现在每次下雨，我都有一些意外的收获。擎着把雨伞，惬意地走在路上，地面上的雨泡打湿鞋面，勾起许多童年的回忆。绿化池里的花灌木被雨水冲刷得非常洁净，湛绿的叶面上滚落晶莹的水珠，不时催发着诗情，脑海里不断翻涌起绵绵诗句。如果是大雨滂沱，那会更有看点。市区街路低洼地段一片汪洋，行到此处的车辆不时有在水面灭火停滞的，马力大一点的吉普车显示出它独特的优势，一溜烟钻出水面，车后飞溅起两丈多高的浪花。每到这时，我又俨然成了"战地记者"，沿着水边观察拍摄，行程结束亦是一篇一线新闻诞生之时。

　　对于夏季的热，我也有了重新的体验。两次出行江南，那种湿闷的热是最难捱的，在那种夹着水汽的空气里行走，身子总感觉黏糊糊的、不通透。夜晚在宾馆打空调还要防止着凉得感冒。终于熬到返程，从飞机上下来，接触到东北的土地，一种干燥夹杂着凉爽的空气扑面而来，禁不住多做了几次深呼吸。

流火的七月，细算下来，去掉阴雨天，炎热的天数也不过一个来月，吃着西瓜、摇着蒲扇，不经意间就迎来了夜晚的凉爽，这才发现马上要立秋了，夏季即将挥手而去，这时候又觉得热几天，夏天就要过去了，再要重复这个季节的故事，得一年的等待，竟然又滋生出几分不舍，对于仅剩的几天倍加珍视。

夏季是丰富多彩的季节，大街上飘逸着流行的色彩，姑娘们晃动着婀娜的身姿，小伙子露出壮实的体魄，不加一丝掩饰，没有一点儿做作，生活中处处流淌着美的格调。

姹紫嫣红是这个夏天最鲜明的特征，路两旁随意一棵枝蔓都有各种颜色的喇叭花，公园里说不定哪个角落就是五颜六色花束的集合，小河旁芦苇花于微风下摇曳，石路边高耸的蒿草花美丽绽放，那些树上红色的果实，河床边裸露的礁石，错落有致的灰石板路，都成为满山绿色的多彩点缀。

夏天还为人们提供了各种口感的水果，爽甜的黄杏，水分充盈的李子、香味扑鼻的甜香瓜、圆鼓鼓挂着灰的黑葡萄、咬一口爽脆的红沙果……满足了人们的味觉。黄瓜、辣椒、茄子、柿子、豆角，这些从地里刚摘下来的新鲜蔬菜，丰富了人们的餐桌，成为东北人吃不够的夏季家常菜。

夏季也是成群结队旅游的旺季，去茫茫的大草原看天辽地阔，攀登绿荫环绕的山峰领略自然的壮观，熟悉的人在一起漂流打水仗最过瘾了，扬水累了还可以躺在皮筏子上，悠闲地欣赏两岸风光。

夏季也是人们活动最勤的月份，公园、广场成了人们散步的场所。清晨，人们徒步锻炼，去广场跳舞；白天，三五成群凑在树荫下唱歌；晚上，随便一个地方就支起了烧烤地摊，亲朋好友围在一起，坐着小板凳，聊着天、吃着烧烤、喝着凉啤酒，也是一种享受。

夏天的故事不胜枚举，夏天的回忆弥香久远，夏天给我带来无限的灵感，我愿意在这静谧、凉爽的夏夜里编织最美的文字情节。

载于 2016 年 6 月 3 日《吉林农村报》副刊

小城盛夏

　　榆树，是我居住的小城。四季轮回，交替着许多美好的事物。盛夏的到来，美丽的小城，更加朗润、分外多姿。

　　我曾一度讨厌过盛夏的酷热，可是过着过着，不觉天气渐凉，忽而回首，又觉得夏季如此短暂，遂滋生出许多不舍。其实，除了阴雨和正常温度，也就进伏后热上那么几天，正如农人所说，天气不热，作物何以生长？人体新陈代谢，行业货品促销，视觉健美养眼，细一想都和热度有关。如果季节中缺少了酷热，也称不上完美。

　　清晨，当东方亮起鱼肚白，太阳渐渐拱出地平线，小城的一天开始了！热闹的早市场，各种蔬菜、食物一应俱全，一个接一个的地摊货品琳琅满目，人流来往穿梭，打破了小城的宁静。公园和广场满是运动的元素，做操的、跳舞的、打太极的、踢毽球的……尽显风姿。疾行的快走队，打着旗，奏着乐，几列长队气宇轩昂，成为公园里一道亮丽的风景。

　　白天最有意思的便是看云了，仰望湛蓝色的天空，漂浮的白云像成块的棉花团，又像连绵的雪山，有时像大狗，像奔马，像张着大口的狮子，又像原子弹爆炸腾起的蘑菇状气浪……

这个季节最丰富，斑斓多姿。花朵最鲜艳，草木最丰盈，雨水最旺盛，小鸟最欢快。行走在郊外洒满露珠的田野，微风送来阵阵清香，放眼周围大地，绿油油的作物孕育着丰收的希望。

夜幕降临，公园、广场最不缺的就是人。健身操队伍，服装艳丽整齐，步履矫健铿锵，舞者之美被展现得淋漓尽致。文体中心的球场上，四周挤满观众，小时候"八一"打球的热闹场景在这里上演。直播方兴未艾，不时可见有人将手机悬于支架，不管有没有观众，直播者依旧玩得很嗨！

品味小城之夜是不错的享受，静静地躺在广场木椅上，身心完全地放空，没有了白日的喧嚣，远离了难挨的酷热，晚风轻拂，看树影婆娑，听昆虫和鸣，偶尔几声犬吠，更增添了小城之夜的魅力。

榆树小城，小城盛夏，令人陶醉，是我生活记忆里永恒的回味。

载于 2020 年第 4 期《榆树人》

向"最可爱的人"致敬

　　不知是多少个不眠之夜，说不清多少次注视荧屏，那一刻，我的心再也无法平静，一颗心早已飞往千里长江大堤，飞到那惊涛拍岸的抗洪军营。

　　历史罕见的特大洪水，使长江中下游水位急剧上涨，汛情危及沿线人民群众的财产和生命。在这紧急关头，是我们的解放军战士和武警官兵，昼夜把守大堤，搏击在汹涌的洪水中，用他们的血肉之躯，筑起牢不可摧的钢铁长城。一位退了休的老将军，听到长江抗洪的消息，主动请缨参战，指挥战士昼夜排查险情；一位年轻的战士刚探家回来没几天，毅然告别父母，只身返回所在连队中；一位小战士由于长时间坚守大堤不幸中暑，在昏迷40多个小时后，醒来的第一句话是"我要去背沙包"；还有那位牺牲的烈士，生前将救生衣让给身边的战士，而为了抢救落水遇难的另一名战士献出了自己宝贵的生命……

　　是啊！这就是我们可爱的战士，这就是我们可敬的官兵！哪里有困难，哪里就有他们的身影；哪里出现险情，哪里就有他们的血肉之躯。重重的沙袋磨破了双肩，他们不叫一声苦。

拖着发高烧的病体，决战滔滔洪水中。人在大堤在，誓死保安宁。在这里，人生的价值得以实现，理想信念得到升华，无私奉献不再是空洞的口号，军人的形象在洪水锻造中变得豪迈而从容。

更可贵的是，前方的救灾，也深深牵动着我们的退伍兵和后方的军营。一位转业地方的公司经理，他不能亲往抗洪前线，就以实际行动捐款 10 万元，支援灾区群众；一位司机师父捐了款，不愿透露姓名，面对记者的追问，他只说"我也当过兵"；还有一些官兵，义务为前方伤员献血……从军区司令员到一般连队干部乃至普通士兵，都纷纷伸出救援之手，捐款捐物把人民子弟兵的深情献给灾区人民群众。

洪水无情人有情，急难艰险当属兵。让历史记下这闪光的一页吧！让我们向这些最可爱的人致以最崇高的敬意！

载于 1998 年 8 月 27 日《榆树报》副刊

赏 秋

　　一场秋雨，降低了季节的温度，一阵秋风，吹得叶片由绿泛黄，在这被许多古代文人吟咏成萧索、惆怅的季节里，我丝毫未感到凄楚和悲凉，相反，对美好事物的欣赏更为炽烈。

　　我欣赏秋的凉爽宜人，在这个季节里，没有早春的干燥、尘土飞扬，没有盛夏的阳光毒辣炙烤，没有隆冬时节风雪交加的侵袭，更多的则是秋高气爽的空旷与通透。虽然秋老虎会偶尔发下威，可这种热、这种节律和夏季的酷热难耐是截然不同的。

　　我欣赏秋的色彩斑斓，她从漫山遍野到处是绿的色调里走出，一改单调而变得丰富。走进广袤的田野，是大片成棋格状的丰收稻田，金黄的稻穗在暖阳与微风下摇曳，很容易使人联想起"喜看稻菽千重浪"的诗句。这个季节最令人心旌摇荡的就是出游观赏各色的枫叶了，走进蛟河红叶谷，满山的红叶竞相怒放，不知吸引了多少人举机拍照，将散落山坡的枫叶枝编作帽子俏皮地戴在头上，收藏起精致的枫叶做书签，别有一番情趣；置身深秋的三角龙湾原始森林，漫山遍野除了迷人的红叶，还有绿色的、黄色的、褐色的叶片，五色斑斓，目不暇接；走入阿城横头山，不仅可以观赏到各种枫叶，还能遇到俊俏、挺拔的白桦和尚未凋零的野花，构成这个季节、这座山林独有的景观。

我欣赏秋的无比殷实，看吧，经过几个月侍弄的圆葱刚从地里爬出来，身上的泥土还没有抖落净就有商贩上门收购；水稻从地里收割下来就可以打出稻谷铺洒在院前晾晒；头脑精明的农户钻玉米地摘下红芸豆、白芸豆，换回了红花花的票子；金灿灿的大苞米一车车从大地里运回家就上了苞米楼；勤劳的农户砍掉了地里的大白菜，揪掉了胡萝卜樱，运到市场就变卖出现金。

我欣赏秋的幸福忙碌，闲不住的农妇串起红辣椒，乐呵呵地挂上了窗沿；上了年岁的老奶奶熟练地拾起刀片，切弄着土豆片、豆角丝，晾晒西葫芦条；进门不久的小媳妇也学着腌制酱缸咸菜，小茄蛋、黄瓜扭、瘪豆角全都变废为宝，与胡萝卜条、大萝卜片、苤蓝疙瘩丝一起升级为咸菜主料；还有那轻松了一个暑期的学童，精心地做着准备，即将兴高采烈地奔向阔别已久的校园。

秋季，气候凉爽而色彩丰富，流淌着诗意又写满丰硕，我欣赏这些唯美的元素，更愿意在这个季节里徜徉。

载于 2016 年 9 月 7 日《劳动新闻》副刊

不同的树叶

　　一夜秋风凉，转眼到了树叶飘零的季节，望着路面被风吹着跑的落叶，我不禁油然而生感慨，叶片从春季萌芽吐绿，到夏季葱萃茂盛，从秋季色彩斑斓，到最后化作尘泥，经历了四季轮回，有惊喜，有慰藉，有灿烂，也有失落和悲壮。

　　阳春三月，万物复苏。每每这时，我都按捺不住内心的冲动，带上心爱的相机去公园或者郊外，找寻早春的一抹新绿。我会惊喜得像个孩子，立在一个个树木前，仔细地观察着树枝上的芽苞，尝试各种模式拍摄，变换不同角度，用心捕捉绿色生命诞生的瞬间。经过了几场雨水的浇灌，树木的枝叶飞快地疯长，几天工夫，街路两侧绿化带完全变化成另一番模样，粉嫩的桃花、杏花竞相绽放，大有"忽如一夜春风来，千树万树梨花开"的气势。这时的树叶全然成了陪衬，而尽管这样，它依然默默地生长，淡而不妖，是我敬佩的品格。

　　树叶最茂盛时当属夏季，人们多半是借其乘阴纳凉，由于到处被绿色所湮没，人们只顾着欣赏娇艳的花朵，树叶被忽视显然也不足为怪，于我而言，也觉得这时的树叶没有什么特点，因此也就少有光顾了。

秋季是树叶变化最丰富的季节，经过了风雨的抽打，叶子一天天变黄、变红，到了十一期间，枫叶正浓，登山、出游、看枫叶，成为人们的首选。最抓人眼球的当属红叶，人们不远百里甚至千里前去观看，有的随团，有的自驾，甚至去过了多次，还是乐此不疲前往，似乎这个季节不看红叶，就感到缺少点什么，所以都不想留下遗憾。

　　到了景区，人们在缀满红叶的树木前驻足欣赏，情不自禁举起相机和手机拍照，有的还调弄着角度玩起自拍。有经验的摄影师往往避开众人关注的景物，独自去寻找有特点的红叶，变换着不同的拍照角度，或站立，或仰拍，甚至趴到地上，用镜头演绎着红叶的静美。其实，吸引我的还有一种黄叶，这种叶子多半是挂在公路边高耸的杨树上的，由绿一点点变黄，在秋日的暖阳下，绽发出夺目的亮色。还有一种是白桦的叶子，也是引人注目的黄色，在白色树干衬托下，这种黄给人以特别的唯美之感。

　　一场秋雨一场寒，随着几阵秋风，树叶会变得伤痕累累，随风飘落。如果仔细观察叶片的形状，你就会惊异地发现，原来落叶也一样的壮美。这时的叶子，有的蜷缩在草丛中，有的相互偎依，有的挺直身躯，像风烛残年的老人，像威武不屈的战士，又像彼此守护的恋人，你会联想起更多生命的故事，甚至你会为他们各自独特的姿态而动容，叶子也有生命，从生到死、从小到大、从盛到衰，又何尝不像是人的生命轨迹！

　　我也见识过雪后的树叶。那是随某户外群去吉林蛟河老虎碴子登山，幸好头一天这里下了雪，远远就看到山顶的白色树挂。走进山里时，天已完全放晴，日光朗照，白雪挂在树上尤为刺眼。我早已不顾山路的难行，被眼前的每处雪景所吸引，特别是有些树叶在白雪衬托下表现出各种的形状，可谓婀娜多姿，经阳光照耀，有的还滴着冰水，吸引着我一次次走近。还有一些叶子倒在雪坡里，绿色、红色、黄色、茶色、褐色，五颜六色的叶片与白雪相融一起，清晰可见上面的纹理和边角的齿状，好看极了，是平时在正常环境下所看不到的。地面的雪在融化，鞋子早已被浸湿，相机始终是开机状态，拍一会儿就得去追赶人群，尽管累得气喘吁吁，可我还是乐此不疲，慨叹不虚此行。

如今，很多树叶作为图片存储在我的电脑里，每次点开，都会想起那段行动的轨迹，这些生活的点滴，不仅带来美好的回忆，也带给我人生的启示。

载于 2020 年第 6 期《榆树人》

雪中遐思

又一场正月雪，纷纷扬扬了一个早晨。走在上班的路上，不时可见路旁清雪的人流。望着清雪者的身影，我揣测着，他们是欢喜这雪还是心生烦厌呢？

对于雪，小时候的我掺杂着一种复杂的心绪。起初是喜欢，飞扬的雪花，从天飘落，白了大地，白了山冈，树木、房屋皆被覆盖，整个世界银装素裹，仿佛置身童话世界。可随之困难也来了，因为要去上学，同学们只能挤在不足两尺宽的雪路上行走。到了中学，学校离家七八里路，骑不了自行车，一步一个脚窝地跋涉，脸被冻得红一块、紫一块。放学后更是艰难，雪有时下个不停，甚至刮起了"大烟炮"，回来时几乎全是迎着西北风，正向走都抬不起头，睁不开眼睛，艰难的程度让人联想起红军当年在雪山中的行进。

即使是放假在家，也要出来清雪的。那时候雪下得特别大，几乎覆盖了整个院子。每次都是父亲在饭前清扫出一条可以走人的道路。吃过了早饭，我作为兄妹中的老大，自然要承担彻底清雪的重任。有时为了图省事，我就把雪堆上的雪一锹锹扬到小园里，自认为这样做对开春时土壤墒情有好处。当小园也无法容纳时，就只有往外清运了。这种情况下，我们四个兄妹会倾巢出动。运的方式首先是挑筐，这只是在雪少的情况下。雪多时便动用小马车，以人代马，装车、清扫、运出各有分工，前拉后推，直到把雪全部运到院外路边的沟内。这些活儿干完，往往也要用大半天的时间。

上高中时，学校也有清雪任务，一声令下，同学们从家里拿来工具，利用下午没课的时间，全校进入清雪模式。偶尔也到街面上协助其他部门除冰，干上个把小时就回来了，也没觉得怎么困难。

后来结婚家搬到了镇上，虽然住着平房，也需要扫雪，但只是在院里清理出能够走路的地方，而用不着费力往外清运了。随着天气的转暖，积雪逐渐融化。谈不上对雪有多么喜欢，也生不出对雪的讨厌。偶尔扫扫雪，有时来了兴致堆个雪人，又重温了小时候的欢乐。

而对雪的喜欢，是在爱上摄影之后。家乡有个网站，在里面一个论坛，我第一次看到有人把雪拍得那么漂亮，那分明是雪乡的雪，形态各异，充满着魅力。此后试着用手机拍照，尽管效果不甚理想，但兴趣毕竟是被激发出来了。

2012 年，我入手了单反相机，每次雪后，我都要去公园拍照。有时拍锻炼着的人群，有时到树多的地方拍雾凇。遇到好的雪景，变换着不同的角度，使用不同的拍照模式，反复拍到满意为止。回来后在电脑上遴选的过程更是二次欣赏，快乐无穷。当精美的雪景图片经过精修发到论坛，获得了网友的称赞和点评，心里更是美滋滋的。

2015 年 9 月，我的买车目标得以实现，为出去拍照提供了便利。雪后，我会驾驶着车辆，走出城区来到郊外，拍照沿途的美景。更多时候是驶向村庄，拍照农户的炊烟，拍照雪中苞米楼和挂满雾凇的老榆树。有时在车里把镜头伸过车窗拍，有时下车站在路面用镜头"扫射"，全然不顾天气的寒冷。

摄影，改变了我对雪的态度，也影响了我生活的轨迹。白雪，让我感受了世间的美好，对冬天也愈加喜爱和眷恋。与雪交融，生活便有了情趣，有了情感的寄托，我愿意受此滋养，在有雪的日子里感悟人生的快乐。

载于 2022 年 2 月 25 日 "榆树文联" 公众号

尤喜腊月雪

　　盼了很久的雪，昨夜翩翩而至，直到今晨天空还扬着雪花，于是，冬天多了景致，春节有了年味，在公园里行走，也多了份欢喜的心情。

　　由于喜欢摄影，我对冬雪情有独钟。从第一场秋雪的降临，到冬季白雪的飘落，几乎每次降雪都激发我浓厚的兴趣，我都情不自禁走到外面，哪怕是下班途中，也不忘用相机或手机留下珍贵的镜头。冬天里白雪皑皑，树上、房顶都挂满雪的情景时常令我欢喜，在我的印象里，只有遍地是雪，才称得上冬天，才像个冬天的样子。

　　然而，有一年暖冬，雪下得非常少，以至于到了腊月，还能看到裸露的地面，临近过年时，天气更是暖得出奇，街道上零星能看到雪迹。我盼呀盼，希望在正月里能迎来"倒春寒"，下它一场雪，压一压尘土，也好给灯花节带来最后的年象，哪怕是一层轻雪，也不失为冬天，也对得起这个年，然而，终究成为遗憾。

　　去年入冬，天气很给力，头场雪没等退去，又一场雪降临，给了冬天十足的脸面。我也仿佛被唤起了童心，徒步走在雪花里，醉心地享受着，而后顾不上寒冷，用单反相机捕捉着任何一处的美。

最欢喜的是进入腊月里的一场雪，纷纷扬扬下了两天，为大地、楼房和树木披上一层厚厚的银装。当时我正去黑龙江省的五常市出差，办完事后我赶紧打车去了五常金山公园。这个公园面积较大，经过知情人的指引，我从西侧的一角进入，立刻被眼前的雪景惊呆了，近旁的高大树木沾了一身的白雪，非常壮观。里面的松树枝丫茂密，上面被厚厚的白雪抱住，形态酷像无数只大白兔，活灵活现，蹬楞着腿，煞是好看。我走近一条矮树带，白雪一团团一簇簇覆盖上面，一眼望去，错落有形，颜色比绵砂糖还白，没有一丝被污染的瑕疵，当时真想上前舀上一勺，放入口中品尝。可我终没有张嘴，因为不忍心破坏眼前的景致。这时，路旁的花灌木把我的视线吸引过去，叶片呈不同程度的黄色，上面挂着的白雪姿态各异，清晰可见叶片上的纹理。我陶醉于这些景致，忽视了身旁路人走过，忽视了寒冷。

在金山公园兜转的一个多小时，我不停地举起相机，变换各种模式拍，凡是能唤起我灵感的事物，都走入了镜头。有时相机、手机并用，拍图片、录视频，忙得不亦乐乎。

去年春节，我们去杭州陪孩子过年，梦想着在那里能赶上一场雪，但我们只短短度过数日便匆匆赶回。在回来的飞机上，我摆弄着带回来的一盒扑克，只能在扑克牌的画面上领略江南的雪景了。

一阵冷风吹在脸上，思绪回到眼前。望着纷扬的雪花，踏着铺上轻雪的路面，仿佛置身黑白相间的山水画。虽然没有听到零星的鞭炮声，没有看到一地的落红，可我已经感受到浓浓的年味！

我喜欢东北的雪，喜欢在腊月里飘雪的情景，更喜欢踩着雪听着"咯吱咯吱"的响声走路。

载于 2021 年第 4 期《榆树文化》

感悟生活

歌声伴我三十年

这个周末，是我劳动的日子。手机放在书桌一角，里面响起许美静的《城里的月光》，一边听歌一边收拾书架，思绪随着音乐的旋律，漫过岁月河床，穿回到30年前的同学时代。

20世纪80年代中期，十几岁的我正在读初中，记得每逢周末都要守在收音机旁，收听黑龙江电台早8点的《听众约播》。之所以跨省收听，是因为我家离哈尔滨比长春近，黑龙江台收听特别真切，加之该台的主打栏目《听众约播》是我的最爱，能从中听到一些喜爱的歌曲。有一次周末恰逢秋收，我们兄妹几人在后院地里扒苞米，由于父亲没在家，我竟然将收音机抱进了地里，如果人距离收音机远了，就赶紧将收音机往前抱出十多米，然后回到苞米铺子上继续干活，这样边干边听，既不觉得累，精神上也很快乐。时至今日，依然能清晰想起当年厮守收音机的情景。那时的很多歌曲经过收音机和电视广为传唱，几乎人人都能哼唱几句，书店卖的歌本也一度畅销。

读初三那年，几经努力，我终于有了自己的格林牌录放机，当时花了240元的大价，是以学英语的名义买的，用这台录放机播放喜爱的歌带。1992年初，迎来新婚大喜。进门的妻子带回一套组合音响，有收、录、放三种功能，我如获至宝，磁带塞满了抽屉。我和妻子在家里干活时，都先把选好的磁带放入音响，边干边听，其中有盘含有《化蝶》的磁带，是我们播放次数最多的。到了1998年，家里买了影碟机，开始转用光盘听歌，磁带逐渐被淘汰。4年后我到市里工作，家尚在乡镇，夜里经常独自在打字室里改写材料，时而戴上耳机听听歌曲，感觉格外的惬意。

后来，随着智能手机普及，海量歌曲可以下载，进入全民K歌，还能欣赏好友演唱的歌曲，发展速度真是不可想象。而我对歌曲一直没有厌倦，有时边徒步边收听，驾车时也不忘打开车载音乐，听歌已经成为生活里的一道程序，成为我不可缺少的一个习惯。

时光荏苒，如今我已走出了中年，歌声也伴随我走过30多年。每当听到一些歌曲，便会想起当年的青涩岁月，想起难忘的校园时光，想起不断变换的生活节奏和环境。有歌曲在，纵然时光易逝，而心情则是愉悦的。

载于 2017 年 6 月 21 日《劳动新闻》副刊

徒步的乐趣

没想到，人到中年，竟还迷上了徒步。

在我幼年的记忆里，徒步不勉带些苦涩。读小学时每年去镇上看六一节目，返回时都要顶着炎炎的烈日，十几里远的路程，感觉很长很长。一路上不惜将衣服披在头上遮挡日光，偶尔的一块绿荫都视之珍贵，到家时身体更像是散了架。

到了十三四岁，我经常随父亲坐火车去哈尔滨，而家里到车站的 10 多公里路全靠步行。冬日里天黑得早，每次回来时下火车都天色擦黑，途中穿过山路时最为恐怖，脚踏雪地发出"咯吱咯吱"的声响，借助淡淡的月光前行，几步一回头，唯恐从两侧的林子里钻出怪物或劫匪。

上中学时，家里距学校三四公里路，雨天泥泞不堪，极其难行。雪天，西北风格外凛冽，抽打在脸上有种说不出的痛。

现在想来，走这些路，都是在不良的环境下进行的，不是主观上乐意做的事情，被动地去承受，自然充斥着无奈与苦涩。

对徒步态度的转变始于进城之后，因为业余的多数时间融入了健身，在众多的运动项目中，徒步更是"一枝独秀"，成了每天必不可少的程序，并且从中获得了很多的益处。

体重是我最关注的指标，150 斤的重量虽说够不上肥胖，可于我明显超标。为尽快"减负"，我奉行"管住嘴迈开腿"的方针，每天运动达4小时以上，功夫不负苦心人，不到半年，体重减到了140斤，使我陡增了自信。

我有徒步随时拍照的习惯，只要途中发现了有趣的景物，我都会停下来用手机拍照。有一年深秋在北部公园走圈时，发现草丛中水管漏水在草叶上冻结成冰花，样子比冬天里的雾凇还好看，我赶紧拍了下来，以《北部公园再现冰雪奇观》为题发布在家乡论坛上，很多人看后大为惊诧，竟前往现场一睹奇观。几年里，我经常徒步的两个公园，从初春到盛夏，从深秋到隆冬，每个季节的变化都呈现在我的镜头之下，经整理后对外发布，愉悦自己的同时，也给别人带来美的享受。

徒步中我还发现了很多新闻。许是多年养成的新闻敏感，在走路的不经意间，鲜活的新闻素材就会跃入眼帘，偶遇路上的一次车祸、突降暴雨成河、园林工人修剪树木等，随便抓取几张图片附上文字，就是一篇社会新闻，这些新闻反映了百姓的真实生活，在"榆树生活网"点击率很高，读起来引人深思。

更欣慰的是，徒步还激发出了创作灵感。徒步时，思维随眼前的景物跳跃，触景生情抑或浮想联翩，整理出来就是一段文字，沉淀后再修改就是篇成形的作品。

如今，尽管拥有了自己的爱车，可我仍然选择步行上下班，每天早晚还要挤时间出去锻炼。徒步，成了我生命中必不可少的运动，因为徒步，我拥有了健康，也获得了更多的乐趣。

载于 2016 年 8 月 17 日《劳动新闻》副刊

我的周末我做主

我的周末比上班还忙，除了必要的应酬，我将大部分时间放在了旅游、摄影、写作和锻炼上，既开阔了视野，陶冶了心情，丰富了学识，还达到了健体强身的目的。

旅游是我五年前培养起来的兴趣，说起来和摄影有关。2009 年 12 月，榆树信息港组织十几名网友到五棵树镇踏雪采风，拍到了江边和湛江寺美丽的冬季风光，回来后整理图片发布在家乡论坛上，这极大地激发了我的旅游和摄影兴趣。此后我一手创建了"榆城风景线采风群"，每年至少组织两次出游采风。由于很多群友都擅长文字和摄影，在一起玩得非常开心，拍回来的图片大家分享，特别好的发到网站供网友欣赏交流。我也被拉进其他一些群，只要有适合自己的出游活动，我都带上相机参与。即使待在家没事，我也喜欢带上相机独自去市内两个公园，到郊外、田野，与大自然交融。一年四季有拍不尽的景色，早春的残雪消融、溪流潺潺，初夏的烂漫山花、水田插秧，深秋的山间枫叶、田野收割，寒冬的冰凌树挂、奇妙雪景，都进入了镜头，置身美丽的景色，心情无比舒畅。

写作是我的最爱，也是起家之本，脱离了几年的机关材料，依然没有丢弃对文字的挚爱。特别是加入了长春市作家协会和在榆树作协任职，使我平素的生活又多了一份乐趣与担当。看书写作成为一种习惯，周末更是不忍浪费时间，去单位用电脑写，在家用手机敲字，到野外或者公园散步，也习惯找个合适的地方落座，在微风的吹拂下，放飞思绪，在手机上写文字。不到两年的时间，空间里的文字经整理发表在省内报刊达 20 多篇。

早晚锻炼，是我雷打不动的习惯，因此也熟识了一样热爱锻炼的朋友，大家在公园跳健身舞、踢毽子、走圈、打羽毛球，在一起朝夕相处七八年，结下了深厚的友谊。去年下半年，组建了毽球协会，锻炼活动日趋规范，统一了服装，半年多时间举行了近十场比赛，参与省内外大型比赛四场，女队还取得了第三名的较好成绩。队友们还经常在一起参加户外游玩，忘却了烦恼忧愁，享受着友情滋润。

这就是我的周末生活，很忙碌，也很充实，它是我一周紧张节奏的缓冲，是我精神情感的释放，我乐此不疲。

载于 2015 年 6 月 26 日《长春日报》副刊头条

夜生活

　　每晚华灯初上，便是我夜生活的开始。四五个小时，相当于半个工作日。在这段区间里，有时三五好友小聚，有时去公园徒步，有时独自享受夜的恬静，有时在手机里尽情徜徉。

　　自从伙伴们去健身馆活动后，我便一改昔日的跟风，独自来北公园徒步了。这里甬路开阔，视野空旷，加之人流不是很多，空气好，比较适宜锻炼。走进宽阔的甬路，沿途能看到美不胜收的风景。公园中段的人工湖，是最为抢眼的地方，湖面波光粼粼，岸边怪石林立，吸引不少行人驻足拍照。西北角的莲花池，盛开着莲花、荷花，与岸边的芦苇相衬，使公园陡增灵秀之美。徒步间还可以观赏到晚霞，落日的余晖洒满脚下的路，映红了行进者甩动的发梢。偶尔抬起头，还能看见天空中游动的风筝，天色渐暗，风筝忽闪着亮光，好像夜里的飞机在行走。如果是赶得巧，还能看到夜空里的月亮、星星和流云，它们会在天际跟你一起行走。再看身边的徒步者，有的三两结伴甩开脚步前行，有的独自一人急行，有的不紧不慢地散步，也有的走累了坐在路边长条木椅上摆弄手机。从人们不同的走姿中，能感受到他们身上散发的朝气。最打眼的要算是女士们，她们穿着各种颜色的服饰，或长或短，或掩或露，洋溢着青春的气息。

回家后的窗前阅读已形成习惯。不断更新的朋友圈，是必须浏览的内容，一天发生的大事小情，朋友们的生活动态，都会在这里精彩呈现。不断涌现的群聊来不及细看，只能匆匆掠过。最诱人的是订阅号里的文章，一连串的小红点提示着有最新的信息。《人民日报》《政事儿》《共产党员》等时政类文章充满着正能量；"米尔军事网"、《参考消息》、"凤凰网军事频道"发布的军事消息目不暇接；"天下书香官微""子燕窝窝""淘漉文化"不断有美文呈现；文联、信息港、广电、生活网等本土公众号文章更值得期待。此外，浏览器、手机百度，也会有海量热点文章闪入视线。除了浏览手机，还有纸质阅读，捧一本好书，闻着墨香，用指肚翻捻着书页，又回到了从前的挑灯夜读。而后是静下心来沉淀自己，整理一天下来的思绪，用心码字，为一天的轨迹画上句号。

这就是我的夜生活，简单而不乏浪漫，充实并充满快乐。每分时光，都是珍贵的记忆碎片，都是我今生中挥之不去的永恒定格。

载于 2016 年 11 月 9 日《劳动新闻》副刊

盼　年

随着春节的日趋临近，听到更多的是过年的话题，普遍的感觉是日子过得太快了，怕过年。

怕过年，对于过了而立之年的人来说，绝对不是句假话。产生此种心理，不外乎三种原因：其一是事务繁重，太劳累。年终岁尾，对绝大多数有工作的人来说，是较为忙碌的，有的起早贪黑地加班，弄得挺疲惫。离年渐近家务琐事也较多，上坟祭祀，清扫卫生，置办年货，浣洗衣被，有的人家直至忙到除夕吃完饺子才得以消停。其二是应酬较多，负担重。到了年底，凡事都该有个完结，短谁的、欠谁的，需要扯平，有的人家入不敷出，过年躲债，徒增烦恼。另外买物品，添新衣，迎来送往，处处需要花钱，过年成了负担。其三是年长一岁，怕衰老。人都幻想年轻，延缓衰老是每个人的良好愿望，自然法则谁都不可抗拒，保养再好也都要渐渐老去，所以一些家长感叹，现在真怕过年啊，孩子大了，父母也被催老了。

由于怕过年进而对年淡漠，也缘于生活水平提高了，衣食无忧，精神文化生活丰富，平时与过年没有多大差别，感觉不到年味了，加上现在家庭人口普遍减少，居住在较为封闭的楼房，邻居乃至亲属间不相走动，淡漠了友情亲情，缺少了过年的融洽气氛。因而在谈及过年时，人们普遍对小时候过年记忆尤深，觉得那时候特别有意思，所以都盼望着过年。为什么小时候盼过年呢？首先是过去生活贫乏，过年能满足物质需求。20 世纪 70 年代，可以说农村还不富裕，屯子里常年吃大米饭的人家都少有，多数人家逢年过节才能吃上饺子，过年才能吃上糖块、苹果和冻梨，在除夕，鸡、鱼、肉、蛋等硬菜才会摆上餐桌。在穿的方面，再窘迫的人家，过年了也要给孩子做套新衣服，因为吃的、穿的都能满足，所以小孩子盼过年。其次是民间风俗较多，喜庆气氛浓。在农村，过去流行着杀年猪的风俗，左右邻居及亲属都被找来吃猪肉，大家边吃边畅谈年景，其乐融融；家家户户要打扫卫生，棚里和墙面一般都是年复一年地糊上报纸和寒假作业纸，满屋都写满铅字文化，不少人家还在墙上贴上密密麻麻的年画，家家张贴了对联、挂钱和福字，节日气氛非常浓厚。再次是假期迎来过年，可以无忧无虑地玩耍。寒假期间有作业，只有过年这几天父母特赦，孩子可以自由自在地玩，晚上制作红灯笼插上红蜡烛走街串户不顾寒冷，从街里买回了鞭炮断断续续揪下来燃放，孩子都能得到父母和长辈的压兜钱。过这样的年，没有哪个孩子不喜欢。

而随着岁月的流逝，年龄在一天天增长，当年的小孩子已经长大成人，一步步走向不惑进而走向衰老，没有了当年的无忧无虑和童真，眼望着儿孙也长到自己当年的年龄，蓦然回首感到自己老了，来到年关就更喜忧参半。

载于 2016 年 2 月 2 日《吉林工人报》副刊

搬家拾感

没想到结婚不到四年，却搬了三次家，而每搬一处，欣喜之余都不免生出几分遗憾，因为时至今日我们还没有找到一处真正属于自己的家。

结婚时，我们投入父辈为我们营造的小家之中。说是家，也不过是不足18平方米的容身之地，和父亲住着东西屋。我和妻子每日骑车上班，往返10多公里路，有时到岳母家小住。那时我们无忧无虑、没有烦恼，一切都平平安安，日子过得倒也充实。

婚后一个月，考虑到上班不便，我们决定搬家。远在伊春的三姐考虑到我们新成家手头紧，执意把离镇上1公里远的温家屯的两间草房借给我们住，我们第一次搬家也便落脚到这里。近一年的时间，我和妻子和和睦睦、相亲相爱。妻子和我都这样想：等日后攒足了钱，先买个彩电后制个房，也算心满意足了。正巧这年，我们心爱的女儿降临人世，这无疑为我们平淡的生活增添了无穷的乐趣。

伊春的三姐来信说有人要买她家的房，我们只好搬到镇上住。于是经人联系买妥了仅有一间多的连脊住房，虽然室内窄

237

小，但毕竟是我们自己的家。这样一来平日的积蓄不但花得精光，而且还负了债。妻子也学得仔细起来，她说姑娘时都没受过这大"委屈"。

时来运转，次年我们四处求借包租了街道一处空房，艰难地开起了烟酒小卖店，自此，商店连着住房，库房连着厨房，这不足 20 平方米的小店成了我们第三次安身的归宿。虽然店不大，但它处于黄金地段，销路还好，一年多时间，我们不仅还上部分债务，还添置了彩电和流行衣物。出于工作需要，我自费念起了省委党校函授大专，妻子也打算明年去卫校进修，我们深知这一切都要花不少钱，从苦日子过来的人都知道挣钱不容易。我们不知道在小店里还要住多久，但我们靠诚实的劳动所换取的点滴收获，至少能使我们遗憾的内心得到些安慰。

载于 1996 年 7 月 18 日《榆树报》副刊

域外散记

春节在杭州

春节前的一个月，女儿就动员我和她妈去杭州过年。为了免去她的奔波，我们顺从了她的意愿。元旦前定了机票，1月22日启程，原定30日返回，结果由于新型冠状病毒的影响，提前返回，不但没看到美丽的景色，整个春节也过得忧心忡忡。

1月22日（腊月二十八），杭州第一天

我们是1月21日下午从榆树启程，晚上8点前到达长春的，当晚入住亲属家。从电视上看到武汉新型冠状病毒感染疫情加重，22日一大早，我就走了几家药店，买N95口罩。

去龙嘉机场的一路上，车上三人都戴着口罩。候机室经过整修，和以前大不一样，看不见了醒目的大屏幕航班滚动提示，幸亏问得及时，才提前赶到30号登机口。海南航空的空姐很热情，一路服务体贴，笑容可掬。走下飞机时，杭州早已下起了雨。在杭州工作的表弟约好了女儿开车到机场接我们，他们也都戴着口罩。

因为赶上疫情，有关的话题自然多了起来。当时杭州的确诊患者虽然仅有几例，但这里已是草木皆兵。表弟在单位是个负责人，管理着1000多人，已经给属下开过几次会，还要张罗

购买口罩、消毒液等物品，每天定期组织消毒。他的孩子虽然才十几岁，但提起疫情也能说上一二，甚至还知道17年前的非典，而那时他还没出生呢。

1月23日（腊月二十九），杭州第二天

早晨睡到自然醒，首先打开手机查看新闻。外面滴答下着雨，起床时8点多了，妻子比我起得早，在征求了女儿意见后，翻箱倒柜为她收拾衣服。

9点多钟，隔壁传来女儿喊话，让我一会儿到门口取外卖。10点吃饭，我喝了袋牛奶，啃了一个鸡翅，尝了小笼包，一顿饭吃得蛮好。这是我们三口之家第一次在杭州的房间里吃饭，虽然简单，但其乐融融。

我用手机看央视13套新闻频道，疫情依然是主要话题，也是我们共同关注的信息。特别是武汉，10点封城。

外面还在下雨，似乎很配合我们与外界隔离。因为明日除夕，需要购买很多物品，特别是做饭煮菜的用具。女儿先是不同意出去，后来同意了，前提是戴好口罩，与其他人保持安全距离。女儿穿上雨衣，妻子打着伞，我则扣好夹克帽，俨然一个防护到位的医生，露出两只眼睛，只差衣服颜色是灰色的。

我们来到一个中心商场，里面的顾客不是很多。我们三人口罩戴得很严实，推车进入蔬菜区，这里的水果、青菜应有尽有，我们买了很多蔬菜和食品，她们娘俩上楼买了饭锅、马勺、菜刀、案板。出来时不好叫车，我们只好冒雨步行。女儿

两手拎着箱子，妻子除了一个双肩背包，还拎着一个食品袋打着伞，我负重最多，两个食品大包一手一个，走了五六十米，便气喘吁吁停下歇歇。走到一半路程时，我突然停下来把两个袋子交叉盘好，分前后嗖地搭上右肩，这下好，特别轻松。雨还在下，皮鞋蹚起雨水当靴子穿，口罩不时遮挡眼睛。女儿见我狼狈样儿，乐了，说我像沙僧。

吃晚饭时，我倒上啤酒，女儿喝饮料，我们三人第一次碰杯。每道菜我都拍了照，尽管菜很简单，但在这遥远的江南，已经很奢侈了，有我喜欢的炒三片，有一道蒸肉，还有女儿喜欢的萝卜干儿，大葱、辣椒一样也不缺，我们吃得饱饱的。

1月24日（除夕），杭州第三天

杭州的冬季，气温湿冷，加上没有暖气，室内明显偏凉，相当于东北供气前的温度。连续两天穿着睡衣，昨晚还洗了澡，早上去卫生间时，出现轻微的流涕，我意识到这是着凉了。想想来到杭州的经过，没有接触到危险源，再则流涕也不是新型冠状病毒的主要特征，便心安了一些。以往每次感冒，都因为受凉，从流鼻涕开始，咳嗽、低烧、浑身疼，起泡，必须经过一圈，需要10多天才能彻底好。这次，我隐隐有些担心，暗想，一定要把流鼻涕压下去。

大平板里的电视新闻为室内增添了气氛，我们把昨晚的米饭熬了粥，菜还是干豆腐、白菜、土豆。饭后我和女儿分头行动，大搞卫生，犄角旮旯儿不留死角。我把两个床和沙发清理一下后，拍下几张照片，小屋装潢还可以，比较适宜居住。

今天流鼻涕严重时我将纸巾揉成团塞入鼻孔，饭后吃了从家里带来的药，又把睡衣脱去，换上来时穿的棉裤和毛衣，在狂喝了一阵开水后，总算出了汗。

晚上的微信祝福不断，一边看春晚，一边回复。妻子想改签初二走，我没答应，我这感冒，到时候会不会影响归程？

春晚结束时已近凌晨，窗外传来几阵烟花的炸响，之后我再次烧水，决定喝它几杯再睡，希望感冒快点好，免得家人担心。

1月25日（正月初一），杭州第四天

昨晚把电褥子温度开到高挡，出了点儿汗，感觉流涕不那么明显了。早晨起来后，我把睡衣也套在毛衣外面，重点御寒。我继续烧水，没等吃饭就已经喝了半壶。吃饭时，没有喝酒，也没夹几块肉，简单素食，对我养病有好处。

疫情的消息是我们全家最关心的，睁开眼睛就摸手机，有时她们也通报最新情况，病毒感染数量超过1200多人，呈逐日上升的趋势。

看到外面还在下雨，在屋里也实在闷得慌，征得女儿同意后，我戴上口罩和手套走出房门。走到楼梯口三四米远时，一个中等身高的老头走过来，为了避开和他同乘电梯，我径直去了对面窗口，等我刚要转回来时，刚才的老头出现在对面，凭直觉，他一定是觉得我可疑又从电梯间返回来的。我说，你下

你的，我不想和你一起进电梯。他看了看我，没说什么，转身朝电梯走去。估计他已出了电梯，我这才进电梯。出了电梯，我顺着甬路往院里走，看到了不远处的那个老头，原来他没走远，在监视我。我走进前面的小区，住宅楼之间非常空旷，是长条状绿化带，里面有平坦的甬路环绕，空气特别新鲜。我在甬路上来回走动，有意避开零星的居民，并用手机拍灯笼、拍花果，老头也在附近转悠，我想他是真的把我当贼了。

下午在卧室睡了一觉，醒来便是喝水，同时看新闻。感觉流涕不那么严重了，饭后坚持吃药。到了晚上，我又将纸团塞入鼻孔，防止流涕，即使是躺到沙发上，也把纸放在枕边，就想这样通过多穿、喝水把露头的感冒压下去，不至于影响归程。

1月26日（正月初二），杭州第五天

一直在关注头条和微信更新，一夜工夫，确诊病例达到1,975例，吉林仍然是4例。上午看到吉林省委连夜召开视频会议落实中央政治局疫情部署的消息，吉林省的行动果然迅速。下楼把两个垃圾袋送出去，回来依然是喝开水，看电视。外面的雨下得依旧缠绵，真佩服杭州的天气了。

我的流鼻涕有所缓解，病情的症状和眼下的肺炎大相径庭，这也免去了我的恐慌。我现在只有和家人在屋内，看电视，翻手机，偶尔参与微信群和朋友圈的互动。

我给老家打电话，因为父亲用的是老年机，信息只能依靠看电视。我告诉他省里已经开会了，市里马上就会布置，一再

嘱咐他戴口罩，小卖店别卖货了，跟来人保持安全距离。电话那头的父亲应承着，免去我很多挂念。

到了晚上 8 点多钟，我突然感到鼻塞好了，没有了流涕，整张脸都感觉到了轻松。晚上 9 点左右，女儿说要吃袋方便面，我也来了食欲，多煮了一袋，还破例喝了一瓶雪花罐啤。

1 月 27 日（正月初三），杭州第六天

今天睡到自然醒，撩开窗帘，露出一片亮光，这肯定是不下雨了，但天空还是灰蒙蒙的，没有露出太阳。

时间已是早上 8 点多钟，摸起手机看头条和微信，疫情依然严峻，确诊病例大幅度增加，还好吉林仍是 4 例，可是浙江有所增长，其中杭州就占了 27 例，头条里关于杭州是一片赞扬之声，主要是载有 116 名武汉人的新加坡航班落地杭州，杭州为武汉承担了风险。

女儿叫我去西门取菜，这时的外卖进不来院里了，所有物品一律放在门卫。开始我还觉得奇怪，后来一想这是防控升级了。

午后，朋友在微信里问我去湿地没有，我忽然想起临行前他的建议。我提出到湿地走走，不会有多少人的，她们娘俩没有反对，而是嘱咐我注意。于是，我穿上厚厚的衣服，戴上两个口罩，下楼去湿地。

西溪湿地距离住处有 1.5 公里，步行大约 20 分钟，路上少有行人，即使发现对面走过来行人，我也有意闪开老远，而且把头扭向一边，以避免呼吸交叉。过了几个红绿灯，便来到湿

地门口，景区关闭，只能在外围观看，无法往深处行进。我拍了一些停泊的游船，还绕出大门到西面转了转。回来时，小区正门封闭，人员一律走西门。门卫盘问了几句，用仪器在我额头前试了体温，然后把我放了进去。

到家吃饭，我打开新闻台收看最新信息。也许是走累了，我吃了一碗饭，又喝了两瓶啤酒，啃了几个鸡翅。接下来继续躺下看手机。突然妻子说要改签回去，因为单位通知上班，女儿有些不理解，我没有反对，因为妻子是医生。微信里的家人们七嘴八舌，都建议她早点返程，担心火车、航班停了回不去。我听取了她的意见，退了初六的机票，改为明天返程，还选了2个附近没人的座位，一切办妥之后，我们收拾东西，备好口罩和手套，给表弟打辞行电话，他非得要明早6点来接我们。

1月28日（正月初四），杭州第七天

一夜醒了两次，早晨五点起床，洗漱完毕后给手机充电，表弟不到6点就来到了楼下，女儿把我们送上了车。

趁着星夜出发，街上人车稀少，表弟说以往天目山路是最繁华的，现在由于疫情几乎看不到人和车。我们都戴着防护口罩，唠着一些老家的往事，不知不觉到了机场。

我们很顺利地办理了箱包托运，之后取出了登机牌。去卫生间，到安检处查验。在候机室，我们注意保持和其他乘客的距离。提前一小时上大巴，我脸对着窗，尽量减少和别的乘客对视。走了一段路，七拐八扭到了国航飞机前。我们最后进

去，不想在人群中多停留。

机舱内空闲出很多座位，最后一排根本没人，我去后排躺着休息。下飞机后，我们赶紧乘高铁去火车站。在火车站，尽量远离人群，宁可让出座位站着，也不在密集人群中坐下。火车里也是异常空旷，距离对面的乘客都在一米开外。下火车后，出站口有全副武装的防控人员测试体温。到家后，我们将口罩、手套摘下藏好，洗衣服、洗澡，忙完已接近 10 点。

结束了 7 天的杭州之行安全抵家，我们都深舒了一口气。这个春节，虽然在杭州度过，但我们更思念着家乡，因为这里地熟人亲，满满的都是牵挂。

2020 年吉林省总工会"抗击疫情劳动闪亮"征文优秀奖

寻梦西安

西安，是中国四大古都之一，又是世界历史名城。其知名景点兵马俑、华清池世界闻名，也是我梦寐以求想去的地方。几年前一个偶然的机会，我终于有幸到了西安，并冒雨游览了这两处景点。

由于对西安人生地疏，我只能借助上网恶补，也为了少走弯路，节省时间，我连夜咨询了旅馆吧台和一楼旅行社的代办点，初步掌握了两处景点的大体开放时间、来往交通情况，休息时已将近午夜12点。

黎明时刻，睁开眼时，发现外面下起了小雨，不觉暗暗叫苦，心想，老天真是考验我啊！考验我的耐力和对摄影的执着，但我决心已定，冒雨也要去这两个地方。

清晨4点半，我起床泡面，草草吃个面包，收拾好行囊，5点准时下楼，租了把伞，坐上了通往东站广场的出租车。外面已是中雨，雨滴不时打在玻璃窗溅到身上，好在路途不远，20分钟就到了火车站。

西安的早晨天亮要比东北晚一个小时，借助淡淡的灯光，可见地面积出很多水坑，稍不留意就会一脚踩进水里弄得鞋壳进水。一小时后，去往兵马俑方向的大巴车启动。

车子冒雨在公路上行进，一个小时后的 7 点半，到达兵马俑站，步行 200 多米，穿过几处街巷，便来到兵马俑售票厅。展厅 8 点半售票，9 点开放，幸亏我没乘坐出租车到秦始皇陵去转，否则多花钱不说，时间上也挤不开。

进入兵马俑入口，要徒步走 20 分钟的林间甬路，才能到达展馆。一路上，我既要擎起雨伞保护相机，又要小心翼翼地取景拍，当遇到路旁盛开得非常鲜艳的花朵时，我情不自禁地停下脚步拍摄，花朵上沾满了雨滴，有的花瓣已经变形，但仍不失娇艳和妩媚。走着走着，两棵一人高的红色枫树吸引了我，在初夏时节能看到只有秋天里才能看得见的红叶，令我激奋不已，于是我驻足拍，然后再去追赶前面的队伍。

我随众人首先来到三号坑，映入眼帘的是一个方形大坑内，用泥土塑成的威武雄壮的兵俑，一排排在不同的坑中伫立，这些兵俑个头都很高，足有一米八九，可谓气宇轩昂，再沿着一侧的路面边走边观赏下去，姿态各异的将士呈现在眼前，有的背后有嘶鸣的烈马，有的手臂上握着兵刃、盔甲完整，让人不由得心生赞叹，对大秦帝国刮目相看，对骁勇善战的关中汉子肃然起敬，逐渐改变着对历史的定位。

走出三号坑，来到又一处展馆，这里虽然没有那么多兵俑，但坑内战车布局罗列，将士安营休息留下的纹络，更是气势恢宏。

最后进入的展厅，多是历届国家领导人到访的图片、兵俑的模型，甚至还能看电影短片，尽管天一直在下雨，可打伞前来游览的人依旧很多，尤其在展厅门外的台阶上，人人都打着各色雨伞，堪称景区一道亮丽的风景。

上午10点左右，我走出兵马俑，乘车20多分钟来到华清池。

景区坐落在骊山脚下，景区古色古香，一座座楼阁建筑恢宏大气，不单楼身颜色鲜明、材料坚固，楼顶使用的灰黑瓦也显示出结实和霸道，俨然不像江南狮子园的陈旧破陋，处处给人耳目一新、色调鲜明之感，园内绿树环绕，玉石随处可见，其中的砖路纵横崎岖，这就是当年皇帝待的地方吗？只有在电视里可见的三宫六院在这里寻到了落脚。这里的楼宇也许初来记不彻底，但里面的杨贵妃洗澡的浴池、皇帝用膳之处，包括大臣们洗澡的地方都历历在目。大臣们的洗澡之地现在看来简陋得几近寒酸，其实就是一处平底坑，坑里的地面是一块块黑砖铺就，四周是脱落掉渣的墙体，所谓的澡池内没有一滴水，相反布满了土尘。经过岁月的冲刷，如果这里不是跟当年的皇宫沾边，在通常人们的眼里什么都不是，无非一个黑土坑而已。

走着走着，转到了西安事变前夕蒋介石落脚的白莲榭。在蒋介石行辕的核心建筑五间厅窗外，挤在摩肩接踵的人流中观看了侍从室、秘书室、蒋介石卧室、蒋介石办公室、会议室。在侍从室和秘书室陈列了毛笔、砚台、笔架、笔筒、稿纸等展品；在蒋介石卧室有稿纸、公文包、假牙，有挂有大衣和帽子的衣架、翻开的被子等陈设，墙上悬挂着蒋介石、于右任、孙中山的书法题词及蒋介石、宋美龄与张学良的合影；在蒋介石办公室有公文、军事地图等展品和一尊蒋介石正在桌前给邵力子书写密信的蜡像；在会议室悬挂大幅军事地图及孙中山、蒋介石的头像。此外还看到了西安事变捉蒋时留在窗外墙上的弹孔，大概有几处，都清楚地做了标记。行辕屋里设备简陋，保持着当年的原貌，甚至是落满灰尘，但游人观赏的兴致不减，纷纷拍照留念。有关蒋介石的景点达十几处，顺着石阶而上，还能看到捉蒋亭，而再往上到兵谏亭，就得另花门票了。记载蒋介石在西安事变时期活动行踪的这些房屋都处在白莲榭、五间亭、捉蒋亭、兵谏亭一带。

看完蒋介石的一些住处，便来到杨贵妃以及唐玄宗的寝居景点，其中最引人注目的就是贵妃塑像，用白玉雕塑，杨贵妃轻扭过头，身披的衣衫褪下至腰部，现出半身裸体，昭示出古代皇妃与众不同的妩媚。尽管天空落雨，可丝毫没有影响游客的兴致，人们打着雨伞在贵妃塑像前留影。在贵妃像脚下是石面上滚淌而下的温泉水，一群老年女游客在欢乐地洗手乃至洗脸，我弯卜腰用左手与水接触，果然是热水，且柔软而细腻。

据景区里面的人讲，到达贵妃像才走到一半的景点，由于时间所限，加上中雨飘落不停，也因为很多景点都是大同小异，我没有选择继续游览，花5块钱买了根玉米边吃着边走出华清池景区。

这个上午的游览尽管准备得十分充分，而实际滞留景区也就三个多小时，可谓走马观花、蜻蜓点水。虽然经历了淋漓之苦，鞋里被雨水浸泡，裤脚淋湿，可我觉得游览得很有意义。首先是实现了一次穿越。仿佛回到古代金戈铁马的岁月，感受到了大秦的强大，领悟到了中华民族发祥地的独特魅力，抚今追昔，不禁感慨万千。其次是开阔了眼界。以前只在历史课本里了解到的一些事件、历史人物，在两处景点看到了更加清晰而实际的一面，透过陶俑和石块、树木、楼阁，能够想象到当年的情形，加深了对这些人物、事件和相关历史的认识。最后是改变了一些固有看法。秦始皇在我的印象里一直是个暴君的形象，知道的有焚书坑儒，与六国的连绵不断的征战，而通过对兵马俑的参观，看得出秦国的强盛，看得出一统天下的豪迈。兵马俑的大手笔，为中华民族留下了一笔可观的财富，也铸就了当地丰厚的旅游资源。

载于 2017 年 12 月 6 日《劳动新闻》副刊

游览米脂景区

米脂，是陕西省的一个县，隶属榆林地区，这里因为有李自成行宫而闻名，也由于杨家沟革命历史纪念馆而成为红色景点。五月初，我慕名游览米脂，主要为了追溯顺帝李自成的发展轨迹，也想了解一下中国革命在杨家沟的这段历史。

到达李自成行宫景区时，两栋雄伟的古式建筑巍然耸立，楼宇前面是宽阔的广场，广场中间是李自成的黑色雕塑，塑像底座上面刻有毛泽东手书对李自成的评价。沿着砖阶拾级而上，穿过门楼进入展厅，详细了解李自成的革命史。

这位农民起义领袖在明朝末期社会衰败、灾祸不断、民不聊生的社会环境下揭竿而起，提出了"均田免赋"的口号，经过十几年的征战，推倒了明王朝，在丞相牛金星的怂恿下进入北京城建都。据说在北京城外的吴三桂原想投奔李自成，结果在看到李自成手下将领骄奢淫逸、强取豪夺后改变了主意，联合清兵讨伐李自成，随后形势发生逆转，导致了短暂王朝的覆灭。这位李闯王，征战 16 年，进北京 41 天，在紫禁城当了一天的皇帝，就败逃西安。关于李自成的死有两种说法，一说他带领 20 多个随从逃往九宫山后，到山上去拜元帝庙时被人从身后击中头部而亡，在九宫山建有陵墓。一说诈死，隐姓埋名去河南当了和尚，直至去世后，才被后人发掘出遗物。毛泽东、郭沫若对李自成均有研究和评价。除了赞扬李自成带领百万农民起兵打天下的英雄气概，再就是从李自成的灭亡中吸取深刻的历史教训。

从李自成行宫出来，驱车赶往距离李自成行宫23公里的杨家沟，这里是1947年以后中央办公的地点。车子沿着崎岖的盘山公路行驶，说是公路，其实是条宽不过三米的柏油路，行途中偶尔可见个别下陷的地方，路面断开，中间有黄土塞着。路的一侧是黄土山峦，时而能看到两山间险峻的峡谷深沟。另一侧是山峰、缓坡、平地相互交错的黄土山峦，有的成梯田状，梯田上植有干枯的绿色农作物。在很多个陡坡处，勤劳的米脂人开垦成田垄状，上面却看不到任何庄稼。只是在很少的地段内，能看到一些纵横交错的田垄，每块田垄间是一人多高的树木相隔，这是沿途看到的为数不多的田地。行进间，忽然前面空间开阔，原来是山脚下大片的田地呈现眼前，田地里树立着错落的细木桩，一些村民在田间耕作。当车子快要到达景点时，三面山脚下很多的建筑楼房映入眼帘，更吸引眼球的是半山腰保留着的原始窑洞。

终于，车子在一处缓坡停下，这是杨家沟革命纪念馆正门。步行朝里走，门楼上方一面五星红旗迎风招展，对面的山墙上红色大字标语分外醒目。进入门楼后的第一处是毛泽东旧居，白色巨幅毛主席身像伫立房前，旧居内有毛泽东召集开会的地方、书房、寝室，毛主席当年用过的桌椅、水壶、书籍等陈列在房屋一角，物品的质量明显比在延安时用过的高级了很多。往下是周恩来旧居，这里有作战地图，室内格局相对略简单些。出了这个院落，是一些将军的旧居，有叶剑英、杨尚昆，还有几个是其他领导的。在一栋足有 50 米的房屋门旁，写有"中共十大旧居"的木匾，里面是中共十大会议会场，屋子中央是排列的桌凳，前面墙上是会标和当时开会的场景。

再往前走是展厅，以图片、文字展板附以摆放使用过的物品，集中再现了这一特殊时期丰富而生动的斗争历史画卷。从展厅走出，我们钻进了防空洞，里面有一人多高，呈拱门形，脚下是青砖铺就的粗糙的地面，两侧是黄土墙，头顶每隔两米就安装有一个小灯池，借助灯光，我们七拐八扭走了 100 多米的路程才到外面。

站在路面的边缘，我遥看三面的山地浮想联翩，都说蒋介石、胡宗南的部队对中共鞭长莫及，这山峦起伏的地形去哪儿找中央红军的影子啊，这山躲来那山藏，飞机轰炸时就钻进防空洞。这块穷乡僻壤之地保护了党中央，保护了中国革命。

写于 2014 年 5 月

延安之行

2014年5月中旬，我有幸去了一次延安，这是我有生以来第一次游览红色景点，也受到了一次深刻的革命历史教育，其间很多情景，至今想来历历在目。

那是一个下午，我坐上了西安通往延安的动车。车速非常快，中途没有站点，车窗外的重峦叠嶂忽闪而过，偶尔可见水渠，里面是浑黄的河水，真不愧为黄土高原，流动的水也跟黄河相似。在两侧的山峰上，时而闪过座座窑洞，不禁使我想起历史书中窑洞的插图和电影里的镜头。蓦然间，车外一片漆黑，原来是动车钻进了隧道，几分钟后又现光明，蓝天、绿树、楼房、山峦重现眼前，于车窗外电影画面般向后倒去。一路上，我回忆起小学课本里提到的"遵义会议会址，革命圣地延安"，联想起宝塔山，回味起电影《延河战火》《保卫延安》，想到将去探访老一辈革命家在延安办公的地点，心头不免涌起一阵激动。

动车经过两个多小时的奔袭，下午5点半到达延安站。延安站不大，但很干净、整洁，布局很紧凑。初到这里，便留下了很好的印象。

次日，开始游览红色景点。早8点半，乘旅行社包车前往第一站宝塔山景区。宝塔山古称嘉岭山，位于延安城东，延河之滨，山高1135.5米，在山上可鸟瞰延安整个城区。因山上有塔，故通常称作宝塔山。在走进山门将要接近宝塔时，一阵紧密的锣鼓声冲入耳畔，原来是一伙秧歌队在表演，很多人围着拍照。这场面，使人联想起电影里延安老百姓载歌载舞欢迎八路军的情景。走近宝塔，扶栏而望，两山一河及城区尽收眼底，左面是巍峨的凤凰山，山腰建有楼房，右侧是清凉山，红色题字十分醒目，两山之下是一条横贯东西的延河，一座拱形石桥凌驾河中连接延河两岸，岸墙由灰砖砌就，非常坚固。延河周围是鳞次栉比的高楼大厦，显示出浓厚的现代化气息。再看身边的宝塔，巍然屹立，清晰可见塔帽上生长的几棵绿草。据有关资料，宝塔始建于唐代，现为明代建筑。中共中央进驻延安后，这座古塔成为革命圣地的标志和象征。相传在八路军撤离延安时，塔顶端的两节被胡宗南的敌机轰炸，后被共产党按原貌修复。从宝塔处走出，前面的黑石板路呈横格状，步行下山的阻力很大，忽然对面迎来两队小学生，他们身着两种款式、颜色的校服，在老师带引下朝山上而来，这帮孩子兴致很高，一路不停地喊着"爷爷好""叔叔好"，看得出受到了良好的教育。

游览的第二站是清凉山，该山位于宝塔山的斜对面。沿着水泥阶拾级而上，"诗弯"题字赫然醒目。墙壁风化成不同形状的纹络，不禁赞叹大自然的鬼斧神工。在清凉山，我重点参观了新华印刷厂原址。印刷厂在墙壁里面的庙宇里。在一处雕有一千多个小佛像的庙宇里，曾经住过160多位老红军，当年红军的许多报纸就是从这里印刷出去的。导游讲解说，当年胡宗南的飞机大炮之所以轰炸不到红军，就是因为这些隐蔽地形的保护，在上空看不到哪里是红军的住处，飞机一来，大家就钻进窑洞。另外，这里山峦起伏，易于躲藏，直至后来胡宗南的军队攻入延安，也没有找到毛泽东的踪影。

在清凉山山腰偏下的石壁上，"延安新闻纪念馆"几个烫金大字十分耀眼。馆内分布有三个楼层，底楼是当年新华通讯社展厅，墙壁上挂有新华社的组织机构和有关人员活动的图片展板，下面的玻璃框里摆放着编辑的手稿、报纸书籍样本和一些人员使用过的物品。更为栩栩如生的当属人物模型和实战场面的蜡像，等于当年工作和战斗情景再现。二楼是新华广播电台展厅，这里既有当年广播的画面，又有发报的场景。在图片展板的下方是稿件样本和用过的物品，还有几处是逼真的蜡像。三楼是文艺电影团的图片展示和物品样本，与楼下的展示风格如出一辙。

走出清凉山，赶赴第三站杨家岭。杨家岭是中央在延安时的办公场所，这里有中共六大旧址，有毛泽东、周恩来、朱德等领导人故居。中共六大旧址保留了当年的布置格局，来这里拍照的人络绎不绝。在中共中央办公厅，看到了毛泽东青年时期头戴八角帽的画像，以及当年使用的一口老井。在毛泽东主席旧居，看到了一部老式手摇电话机，墙壁是主席伏案写作的画面。门口的对面有一桌一凳，靠西墙是两个简易沙发。主席旧居多个套间，里面有放有床榻和靠墙的两个沙发，沙发旁是桌凳，桌上摆有暖壶、茶壶和一个白色大碗，甚是简陋。主席旧居门外有块石板，四周围着石墩，这是记者斯诺采访主席的地方。顺着甬路走出不到20米，向下俯望，路边的长方形小园便是主席当年劳动的菜园。

第四站，游览枣园，这里是中共从杨家岭搬走后迁入之地。进门后中共毛泽东、周恩来、刘少奇、朱德、任弼时五大领袖的铜像威武伫立，里面有中央管理局、中共中央机要局、行政厅等几个展厅，再现了延安时期中共所走过的峥嵘岁月，令人浮想联翩。

游览的第五站是延安革命纪念馆，坐落在王家坪。走入展厅，近十名领袖铜像矗立眼前，背景是宝塔山，宝塔熠熠生辉。展厅左起，以图片展板、文字介绍、物品展示、人像场景等形式再现了陕北革命烽火的燃起、陕甘边革命根据地的创建、中共陕西党组织的创立、陕北革命根据地的统一与发展、西安事变、国共合作抗日、反摩擦等多个历史时期波澜壮阔的斗争史，令人大开眼界，深受教育和启发。

以前了解延安，多是源于书本及影视资料，军民一起载歌载舞的画面多年来一直在我脑海中萦绕。甚至在我的印象中，感觉这里跟大西北比邻，穷乡僻壤，不是很富裕，是陈旧落后的代名词。可是这次来改变了我固有的印象。这里的气候与东北极其相近，气候干燥清爽，甚至带有几分清凉。这里的口音接近于普通话，很多都可以听懂，人的皮肤也没有大的差异，待人处事的方式跟东北几乎是没有什么区别。走在街上，随处走进一家超市，都能看到东北人喜欢的食品，以蔬菜为例，菜店里也卖大葱、黄瓜、土豆、绿尖椒、圆葱、干豆腐等。到了饭店，能吃到羊杂汤荞麦面、素汤荞麦面、细粉、土豆片炒韭菜等，即使当地的炸油糕、油馍馍、红烧肉、丸子、猪肉等，也能吃得可口、咸淡相宜。

延安之行历时一天半，我用单反相机拍了很多图片，也记下不少场景片段，这些珍贵的资料都保存在我的电脑里，每次翻阅都倍感亲切，他们使我对中国革命有了重新的认识，也使我近距离领略了革命老区的风土人情。

写于 2015 年 6 月

长春游园记

　　在东北的所有城市中，我去过次数最多，也最熟悉的莫过于长春了。这座城市，不仅有美丽的公园风景，也有厚重的人文景观，更主要的是，人们的生活习惯接近，我有着说不尽的亲切。

　　去年国庆假期，借着来长春看病，我有幸住在外甥女家，外甥女婿知道我喜欢摄影，执意带我去各处看看。我们首选净月公园。记得几年前的夏季，市委举办的信息员培训班选在这里，由于喜欢游玩，利用早晚的空当时间，我在公园里转转，辽阔的水面、起伏的山峰、满目的葱绿以及每条甬路，都给我留下深刻的印象。此次故地重游，亲切感骤增。开车在路上行驶，哪里景色好，我们便停在哪里。在一块相对平整的路旁，我们下了车。身边穿梭的人很多，想必有好看的去处。借助一块缓坡和树的浓荫，我们缓步朝前走去，原来尽头是宽阔的水面，两岸青山绿树，夹杂着红的黄的树叶，透着浓浓的秋意。停留岸边的游客，很多是放假结伴而来的学生，也有怀里抱着孩子的妇女。最吸引我的是被季节点染的枫叶，红色的、黄色的、褐色的，与原有的绿叶交相辉映，好看极了。对着一枚枚枫叶，我近前欣赏，变换着角度，用单反捕捉着它们独特的美。

离开净月公园，走进南湖宾馆已是下午。外女婿告诉我，别小看了这地方，几任国家领导人都住过这里。穿过每条甬路，打量着每栋房屋，顿时觉得这里平添了几分神秘。纵横的甬路，把宾馆与四周的绿化隔开，诱人的是路边的树木，有些叶子已经泛黄，有些掉落地上，两旁形状各异的石头和参差的小树相衬托，别有一番意境，尤其是阳光钻过树空泄了一地，更增添了树林的景致。漫步其中，呼吸着新鲜的空气，沐浴丝丝轻风，无比陶醉。蓦地，一片池塘呈现眼前，平静的池水，里面是蓝天与云朵的倒影，显得瑰丽而神奇。对岸砌着石头墙，岸边生长着一米多高的芦苇，叶片保持着柔美的曲度，向上伸展着，挡住了若隐若现的远处高楼。走进一旁的树林，里面错落着一些碗口粗的白桦，一棵棵干净、秀气，为南湖宾馆增添了一分唯美。我不停地拍，也赞赏着外甥女婿的眼光独特，找对了游玩的地方。

去胜利公园是在一个初夏的午后，游人格外多了起来，多数是周末来这里休闲的，孩子在大人带领下乘坐小船在水面游弋，很多人则在绿地上架起帐篷，吃着午餐，躺里面休息，也有人将干净的布袋铺在地面，整个人倒在上面睡起了大觉。有几个年轻人坐在一起打起了扑克，没玩的同伴在一旁翻看着手机。还有两个妇女坐在地上，一个抱着玩耍的孩子，一个则旁若无人地给小孩喂奶。返璞归真，无须掩饰，人性的真实和质朴在这个公园、这个时间点得以尽情袒露。这就是长春的可爱，也是令人倍觉亲近之处。

南湖公园吸引我的是大片的荷花池。登上拱桥，随带的单反相机有了用武之地，这里可以拍荷花池的全景。也可以走过木桥，或者漫步湖边，来到湖心的凉亭，拍想要的荷花姿态。这里不时可见专业摄影人手持长枪短炮，更多的则是用手机拍。拍累了可以极目远眺，湛蓝的湖水早已是海天一色，平静的湖面微微荡起波澜，里面的小船自由划行。尤其在夕阳快要落的时候，水面变成了灰色，霞光挤过楼房泻下来，洒落在水面上，反射出金色的光芒，好一幅北国春城的《渔舟唱晚》。

我还去过长春人文纪念园。这里，看不到传统墓地的阴森恐怖，看不到一些陵园的庄重肃穆，感受到的则是艺术的呈现和生命的启示。走进其中，强烈的人文气息扑面而来。这里安葬着无数名人，全国战斗英雄桑金秋、科学巨匠蒋筑英、"小巷总理"谭竹青、小品演员高秀敏，一个个匠心独具的个性化雕塑让人生出很多怀想，仿佛看到了主人公们生前的神采。虽然他们一个个离我们而去，但他们取得的业绩，永不磨灭，已经写进了长春的史册，早已根植在每个长春人的心底。

写于 2020 年 8 月

亲情难忘

和女儿一起去玩雪

正月十四的夜晚，我们在家宅着。女儿上电脑，妻子看一会儿电视去睡了，我也闲散地一边看电视一边注视着群聊。十点多一点的时候，女儿从卧室里跑出来，惊喜地喊起来：下雪了，下雪了，快来看啊！

我一骨碌从沙发上坐起，随女儿一同来到厨房的窗前，推开窗，透过华灯掩映的夜幕，果然看见外面一片银白，我定了定神，有些不敢相信自己的眼睛，只见楼房空场处果然飘落着雪花。真的是雪，是久违的雪，我激动得不能自已，把头伸向窗外，呼吸着雪花纷扬的气息。嘴里不住地叨念着，记不清说啥，不想关上窗，让自己的身体里的每个细胞跟外面的雪充分地交融。

女儿说，爸爸咱去外面玩雪吧！这么晚了还出去玩雪，我诧异得没当回事，心想着一定赶在第一时间发个帖子，来庆贺这迟来的雪。女儿又问了一遍，见女儿如此心切，我果断地说，穿衣吧，我们拍雪去。女儿见提议得到响应，这下可乐坏了，欢喜着找件粉色长身羽绒服、一件棉手帕，我们各带一部相机，急匆地走下楼。

当推开楼宇门的一刹那，女儿就冲向纷纷飘落的雪中，双臂高举捧接着漫天飞舞的雪花，天真得像个孩童一般欢呼雀跃。我赶紧调试相机进行抓拍。我们来到甬路，雪仍在下，小区门口偶尔有进出的夏利车在穿梭。女儿一会儿摆着各种姿势自拍，一会儿对着天空仰拍，我则赶紧进行交替抓拍。女儿嘴里不停地叨念着，这雪下得好大啊，这雪太美了啊！已经完全陶醉在与雪共舞的境界中。

我们走出小区来到她的母校实验中学大门外，拍十字路口的指示灯，拍过往的轿车行驶，我不忘给女儿抓拍几个特写镜头。外面亮如白昼，我说了一句："这要去街里拍拍夜景多好啊！"一想就是太远。没想到女儿却说："那咱俩去呗。"去就去，我看了看手机时间："快11点了，这要回来不得两点啊！"女儿说："没事，咱们就去，豁出这一宿了。"我们像两个玩得尽兴不知疲倦的孩子一样径直朝公园的方向走去。一路上，女儿时而带着小跑，时而停下来让我拍照，我成了女儿的摄影师，女儿则成了我的模特。女儿拿出了看家本领，几次和我挤站一起自拍合影。顶着明亮的夜灯，踏着洁白的雪，不知不觉间，我们已来到公园。

公园里的夜景真的很美，虽然我几乎每天都来这里晨练，偶尔也晚上来这走走，但雪后的公园夜景更显得与以往不同，这历年司空见惯的景色在今年显得弥足珍贵，这毕竟是期盼已久的雪，终于洋洋洒洒地飘落人间。精心点缀的五颜六色的彩灯缠绕在树木上，交织在甬路旁的花灌木上，构成异彩纷呈的美丽造型。我钟情地调换着不同的角度，反复审看着魁星楼的构图，借助依稀可见的树梢，完成了雪映魁星楼的拍摄。割舍不下这些熟悉的点缀，让女儿在每个造型前留个影。我们完全陶醉在美丽的景色里，仿佛忘却自己的存在。那环绕树木的每根红色彩线，那白色眨着眼睛的圆形花球，那交织在松树间绿蓝变幻的造型，都成了我们镜头下的多彩世界。踏上魁星楼，拍一张俯视的全幅夜景，当举起相机进行第二次时，闪光灯凝固不动，原来电池没电了，我们只好返回。

回来的一路上，我们从现代生活馆抄的近路，我和女儿聊了一路，女儿说受我的影响很大，将来有钱一定给我买个贵一点的相机让我可劲拍。她说这次出来非常开心，好久没有玩雪了，人是应该创造点激情，让生命里多一些浪漫。

回到家时，时针指向 12 点 22 分，我打开电脑处理图片。这一夜，虽然顶着雪，走了很远的路，但我忘却了寒冷，收获了许多重要的东西，既成了这场雪的忠实记录者，也培养起了对生活的热情。

载于 2012 年第 1 期《榆树人》

带上女儿去雪乡

久居东北，对家乡的雪自然情有独钟，尤其雪乡的雪，白得剔透、美得极致，那形态各异的雪景造型与屋檐下悬挂的大红灯笼、村庄里升起的袅袅炊烟，以及满雪地出溜的狗拉爬犁相映成趣，打造了雪乡与众不同的景致。抵挡不住诱惑，今年冬天的两场大雪之后，我终于带上已经大学毕业的女儿，迫不及待地踏上了雪乡之旅。

雪乡之旅为两日行程，包括三个主要景点，冰雪画廊是第一站。没等到达景区，道路两旁的树木满身垂挂着白雪在迎接我们，人们将目光纷纷跳向窗外，欣赏独到的北国雪景。车刚停下来，游人便掏出手机拍照，在题有"冰雪画廊"的雪景门前，更是站满了一拨拨赶来拍照的人。尤其一些女生戴着洁白毛色的皮帽，在整个人流中尤为扎眼。"冰雪画廊"门票不菲，我们没有深入景区，而是沿着路边向东行走，边走边拍摄画廊外部树木的雪景，我们仿佛置身白雪世界，能明显感觉到流动在身边的凉气。女儿将单反安装上人像定焦，递给我为她拍照，我时而拍摄她发丝上飘落的雪花，时而抓取溅落到她毛手套上的六角菱形，又趁她攀越沟坎时赶紧抓拍，忙得我不亦乐乎。

我们翻过一道木桥，走进道路北面的一处山林，像发现新大陆一样，我被这里的景色惊呆了。奇形怪状的积雪趴在松树上，有的像胖乎乎可爱的大熊猫，有的像肥硕的大白兔，有的像蛤蟆一样蹲着两只后腿。女儿不失时机地与它们合影，一会儿又两手捧起白雪扬过头顶，雪花在她的眼前弥漫，镜头里的她充满着单纯、童稚和欢笑。女儿也执意给我拍照，为了跟一个雪景留影，我一腿不慎陷进一米多深的雪坑，几次用力往出爬，可越陷越深，结果扑腾了几个回合，好不容易才挣脱出来。女儿在旁哈哈大笑，我也笑出了眼泪。

在冰雪画廊附近逗留的 3 个小时，宛若置身白雪世界，拍到了美丽的雪景，领略了北国风光，也体验到了与雪共舞的快乐。

二浪河是雪乡之行第二站，也是我们晚上就餐落宿之地，到这里时天已擦黑，我们被分配到一个名叫"小青"的家庭旅馆。旅馆有食品卫生部门颁发的正式执照，70 平方米的客房间壁出 5 处单间，有 3 人间和 5 人间，脚下是红地板，头顶是白色扣板棚，四壁粉刷的是白色涂料，室内比较清洁，入住游客赞不绝口。

晚上 5 点半开饭，两个地面方桌拼在一起，12 人四面围坐，桌上摆满十菜一汤，同桌的两位老兄自己出钱买了两杯白酒，真应了那句"十菜一汤，喝酒自装"。吃完饭后，我和女儿带上相机，拍每家门前的红灯笼。在一个叫"羽翔旅馆"的门楼下，拍照留影的人特别多，长镜头、三脚架纷纷出手，美女们摆着各种姿态留影。

　　拍了几处门楼后，我们前往二浪河林场服务中心观看篝火晚会。几乎所有的游客都涌向了这里，篝火被点燃，人们沸腾了，一群学生模样的年轻人手拉着手，围着篝火跑动，他们欢快地唱起周华健的《朋友》，学生们的举动也感染了成年人，大家也扭动着身躯舞动双臂，一旁还有两支队伍站成整齐的队列跳起了佳木斯健身操，动作异常潇洒和美观。

　　二浪河在三处景点中，虽算不上景中之最，但这里的人好、服务热情，更经典的是入睡的火炕，一直热到天亮，能勾起人不尽的联想，留下了难忘的印象。

　　真正来到雪乡，是第二天的清晨，旅行快客从二浪河出发，盘山绕岭了一个多小时，上午7点半才到达雪乡入口。"中国冰雪在龙江，龙江圣雪在雪乡"的广告牌赫然醒目，这里早已涌来四面八方的游客，人们身着艳丽的服装，姹紫嫣红。我赶紧跃上广场一处高地，抢拍游客们浩浩荡荡涌向南街的情景。之后赶紧撵团，路上又不失时机地抓拍了几张狗拉爬犁、马拉爬犁的镜头。

　　南街来往的全是人流，街路西侧是清一色圆松木段拼接的简易房，许多家庭旅馆都建有门房，店名在门房上方悬挂，足以显示出房主的实力和气势。我们就餐的地方名称为"王老五家庭旅馆"，院套很大，房间里分布着很多住宿间和大餐厅。在街路的东侧，多为浅黄色刷漆木板房，这些木板房皆为商铺占领，琳琅满目的食品冻货摆在窗外，御寒的各式服装、鞋帽在窗前悬挂。几乎每家店铺窗檐下都悬挂着红灯笼，为整个雪乡增添了喜庆，成为雪乡的独到景观。

在西侧写有"梦幻家园"字样的门牌前，围拢着很多人，原来这里收门票每位团价150元一张，已经有很大一部分人走进园内，有在门口拍照的，有在斗坡玩雪圈的，很多人走上观景台，观望雪乡全景并纷纷举起相机或手机拍照。因为导游不在，我们没有贸然进入，而是从其南侧的一个胡同，穿过一座房前，向山脚奔去。远远地可见有几个人爬了上去，攀爬的山间雪路十分光滑，有个人用力爬到一半，上不去下不来，最后不得不坐在光滑的陡坡上滑下来。

我和女儿不知天高地厚，决心攀上一处制高点拍雪乡全貌。女儿在前，沿着陡坡向右两米远的踩有脚印的地方，借助伸手可抓的树毛，稳健地向上行进，我则挎着相机在后面步步为营地紧跟。我们遗憾没有穿防滑户外棉鞋，女儿一再埋怨我没让她带登山杖。我边攀缘边抓了几张女儿努力攀登的镜头，费尽好大力气总算到达离山顶20米的地方，我停稳后举起相机拍了一张山下雪乡人家的一角。当我们再想向上前进一个台阶时，"梦幻家园"的小保安出现在山顶铁丝网固定的立柱前，再不许我们前进了，女儿说保安身后还有条把门狗。女儿开始转身下山，我在原来的地方又艰难地向前挪动两米，前方再无路可上了。我转过身对着山下不算浓密的房屋取景拍照，脚下凌乱的松枝多少遮挡了点视线，我拍了几个角度的景致后背上相机，准备下山。我小心翼翼地向下挪动脚步，先是坐着移动，可在沉重的身体的惯性助推下，两腿还是没控制好速度，在预定位置下滑一米多远，被一棵小树拖住，随后继续向下缓慢滑动。我将身体背对着山脚，后退着下山，每后退一步，都要用力抓起身旁的救命树枝做保险。其中有一个松树枝，抓上去很扎手，不得不躲过枝刺，就这样，总算平稳地下到山脚，可一摸兜里的相机镜头盖早已无影无踪。

我带女儿又来到南街东面滑雪场，女儿拽着雪圈滑了四次，之后我们又到没有路过的街巷转了转，拍感兴趣的场景，总算把雪乡能看到的景致拍了个够。

一个上午的雪乡拍摄，丝毫没觉得劳累，如果不是相机没电，我们还会乐此不疲地拍。虽然以前看惯了各路大师拍摄的雪乡美景，但置身被拍烂了的雪乡现场，还是被激发起拍摄的冲动。此次雪乡之行，满足了多年以来的夙愿，也让我受女儿的感染，找回了久违的童真。

载于 2015 年第 2 期《榆树文化》

团圆年

因在南方求学，女儿有近一年没在家了，这个猴年的春节，她答应回来一起过，给我们带来了莫大惊喜，也注定了这个年有女儿的存在，会过得不同寻常。

我和女儿都属猴，是地地道道的本命年，妻子老早就为我买回了红袜子、红毛衫，也为女儿买回了红彤彤的衣物。她宁可自己省着吃穿，也要把我们父女俩打扮得漂漂亮亮的。她又是个家庭观念很重的人，家几乎成了她工作之外业余生活的全部，这不，刚进入腊月，妻子就开始掂量着收拾屋子，暗淡发黄的灯管是不是该换了？几个屋子的窗帘是不是得洗了？用了十几年的洗衣机应该换台新的，使用了一年多的桌面台布应该换个颜色了，用她的话说，过年得有个新样儿。

女儿的闺房，由于安放有电脑和书架，是我经常光顾之地。得知女儿要回来，她向我下达了必须保持好卫生的指令，一再嘱咐女儿的床不能再随意躺了，脱下的衣物更不能随处乱放。房间里悬挂的水粉窗帘被浣洗一新，棚顶的吊灯擦了又擦，书架的书摆放有序，床头柜擦得锃亮能照得见人影，铺在床上的红粉色鸭绒被透出别样的温暖，一切布置就绪，专等着闺房主人凯旋。

腊月二十五，女儿从上海登机一路辗转，终于在黄昏时分回到了家。没有什么比女儿归来更令我们兴奋的了，家里立时充满了团圆和喜庆，晚餐是她最喜爱吃的火锅，妻子和我都破例喝了点酒。最有情趣的就是除夕之夜，妻子和女儿有说有笑地包着饺子，我则充当了年夜的记录者，端起相机，不时地调焦和拍照，一会儿是她们母女包饺子的镜头，一会儿切换到墙上充满喜庆的福字和挂钱，各式变幻的屋灯也不放过，特别是端上饭桌的每道菜，都定格成一张张特写，甚至在我的引诱和激发下，女儿也放下包着的饺子，把手洗了，操弄起相机参与其中。

晚上八点前，我们结束了手头的所有活计，准备静心坐下来观看春晚，茶几上摆放着各种可心的水果，瓜子、饮料、糖块一应俱全，卧室、厨房、卫生间所有的灯都开着，客厅前阳台落地窗的长串彩灯有节奏地一闪一闪，给整个屋子带来截然不同的视觉享受。我们一家人品嚼着春晚这道年夜大餐，快乐的情绪在满屋弥漫、升腾。

大约十点，外面响起了燃放鞭炮的噼啪炸响，厨房里白胖胖的水饺扑腾扑腾下了锅，不一会儿，水灵灵的饺子和香味扑鼻的菜被端上饭桌，我们快意地吃将起来。吃着吃着我停止了咀嚼，原来是吃到饺子里包着的硬币了，接着女儿吃到了第二枚，妻子非常羡慕地望着我俩，尽管她没有我们幸运，可脸上仍洋溢着幸福的微笑。

倔强的父亲

父亲要强，也很倔强，今年他 78 岁了，每当想起他自强不息的创业经历和不畏强权的个性时，我都肃然起敬。

刚分田到户时，父亲在家开起烧酒作坊，既当师父，又当经理，里外一把手。他精打细算，经常步行 10 多公里到一个小站乘火车去哈尔滨市购买糖化酶。十多岁的我经常与父亲一同前往，回来下火车时已是黄昏，夏天恰好能赶上摆渡，冬天走到中途就黑天了，我们踩着雪地，到家早已是掌灯时分。我读高二时，母亲患病去世，父亲没有气馁，带着我们兄妹四人生活，没有散心。几年后，经人撮合父亲有了老伴，在我弟弟结婚后，他开个小卖店，同时每天赶着毛驴车摇起拨浪鼓走屯叫卖，后期走路费劲，在家养起貉子，起初的几年，效益不好，可父亲依然坚持了下来，最多一年竟卖了 4 万元钱。现在，父亲小有积蓄，经常贴补生活困难的儿女，我们兄妹几乎都在老人家手里借过钱，想想他 70 多岁了，自食其力不向儿女伸手，已经是很伟大了。

穷人家的孩子早当家。20 世纪 60 年代，爷爷身上长疗不幸去世，奶奶带着 7 个儿女艰难生活，还要承受屯中贫农的欺负。父亲 20 岁那年，便当起了家，不仅解决了一家人的吃饭难题，还改变了在屯里受人欺负的命运。父亲早年当过生产队长，因为工作认真，说话不留情面，有时得罪人。对上级不合理的摊派，出于为群众着想，也敢于抵制。卸任队长后生产队开酒坊，父亲做经理，经常出外办事。父亲头脑清晰，能说会道，攀上关系凭借三寸不烂之舌便能把事情办成，所以村里人都说父亲厉害，到哪儿都不吃亏。懵懂中的我，像崇拜英雄一样敬重父亲。

父亲一生刚强，没有受过屈辱。做普通群众时，不论面对多大级别的干部，只要他抓住道理，都会据理力争，令对方服气。他天天看电视，掌握国家大事，平时研究政策，常常拿起法律武器来维权。遇到不公平的事就愤愤不平，非要理论出个是非不可。尽管做儿女的都好言相劝，可他改不掉秉性，弄得我们父子险些断绝关系。有一年，父亲为了村民的利益和几名群众代表到法院起诉，经过半年的时间，最后以胜诉收场，父亲被村民视为大功臣。后来我才得知，父亲因为怕我知道后阻拦他，竟一直瞒着这事没告诉我。

父亲晚年的处事态度，在我们小家饱受争议，妻子大为不满，认为他老了没正事，也不为儿女想想；女儿希望爷爷保重身体，不能为了打抱不平惹气伤身；我对父亲的一些做法也很无奈，希望他能看到事情的光明一面，而不是盯着问题不放。父亲的这种处事态度，也许和他过去的经历有关，和当下所处的环境有关，让他在问题面前闭眼，在得失面前无视，是很难办到的。个性使然，我也只能予以善意的劝说，真的希望他能看淡是非，颐养天年。

载于 2021 年 3 月 1 日《劳动新闻》副刊

我的母亲

今年的母亲节，很多人都在朋友圈里晒祝福，而我唯有一份空空的思念。母亲离开我们34年了，我结婚时，母亲离世整三年，不止一个亲属当着妻子的面夸赞母亲："你家老太太那才好呢，人老实厚道、心地善良。"

的确，母亲是朴实厚道的农村人，相貌极其普通，身材不高，体态微胖。她给我留下的最深记忆，是我小时候随她一起去姥姥家的情景。那时的雪特别大，出了家门便是一望无际的茫茫雪野。姥姥家坐落在青山乡会才村的前会才屯，距离我家有8公里。一路上要穿过四个自然屯，路上有雪不便行走，累得气喘吁吁。宽阔雪地格外刺眼，终于右前方出现一排村庄，旁边还有一座插着各色旗子的学校，我知道离姥姥家很近了，这时也是我们迷路的时刻，我们会跟过路的人打听这是什么屯，离前会才屯还有多远？原来这是伞家林子屯，翻过这个屯就能远远地看到姥姥家的房屋了。成家后我也经常纳闷：当时的我年纪小不记路可以理解，为什么母亲年年从这里走过也会迷路呢？到了姥姥家，是最令我欢喜的时刻。姥爷通常是脑袋用两手托着靠在窗台上，看到我们来了坐起身打个招呼；坐在炕头的姥姥则放下手中的大烟袋，一声接着一声地问寒问暖；

老舅用他那憨厚老成的嗓音打听着我们家里其他人的状况；舅妈则麻利地在屋里穿梭，偶尔投下几句问话；大舅吃过饭带着一嘴酒气来到姥姥这屋，经常是重复着同样的惊叹话语，时不时地用他那浓密的胡楂扎我的脸蛋；最富有活力的老姨尽管快三十了，还被长辈们一口一个"老丫头"地叫着，她的嗓音宛若银铃般地问我"大外甥过年多大啦，一晃都这大了"，边说边用手摸摸我的脑袋或给我焐手。在姥姥家这一待就是几天，在五常县城居住的大姨和姨父开车来后就更热闹了，每天都是一屋子人，晚饭后歇一会儿、唠唠嗑、打打扑克，头半夜还能吃顿夜餐。每年的春节前去，几个舅舅都要多少给点压兜钱，有一次大舅给得最多——5毛钱，令我高兴了好一阵子，也对以后每年的前去充满着期盼。大概在正月初六，因为姨父有工作在身需要回去，我们只好从姥姥家返回，搭乘姨父开的吉普车，他将我们送到家，在屋里坐上一会儿，趁天黑前启动车辆返回五常，之后我便开始陷入几天的失落。

姥姥家的温馨是短暂的，回到自己家面对的是苦涩。

到了秋收扒苞米的季节，由于我家地多加上动手晚，经常赶上雨雪天还在抢收。父母收工回来时天色早已擦黑，家里还没有做饭，我们几乎是天天吃贪黑饭，收拾完碗筷都快到夜里10点了。我家活计最累的一次，是有一年的春播，为了保住播完种后的土壤墒情，母亲带着我去离家1公里路远的王火郎子地压滚子，长长的田垄往返几趟，让我备尝农村劳动的艰辛，从此发誓一定要脱离农村庄稼地。

在我初一去国家岗分校读书那年的冬天，天气格外冷，早上要走的时候，母亲不放心地把我的棉袄掖了又掖，将我戴的帽子用力往下拽，生怕天气冷把我冻着。也正是那个最冷的冬天，我难逃厄运，手脚冻得如烂倭瓜一般，疤痕至今依稀可见。

转眼到了1986年冬，母亲不幸患上恶性肿瘤，全家人几乎都惊呆了。她不停地用药，病情严重时喉咙沙哑得说不出话，父亲只好带上积蓄去哈尔滨为母亲进行手术治疗。父亲回来后对我们说，你妈在病房里表现极为坚强，当时说不出话，急得喉咙里直啊啊，提笔在本子上写字问家里的情况。

在几个妯娌当中，母亲识文断字，文化程度最高，她用铅笔写在本子上的字迹工工整整，引来别人的羡慕，她也为此感到自豪。

母亲出院回来后，经常身披衣服蹲坐在炕边，有一次趁别人不在屋，声音哽咽着对我说："妈对不起你呀，以后不能照顾你了，你要好好照顾自己，听你爸的话。"说完便泣不成声，我也第一次受到强烈的震撼，我点着头，泪水夺眶而出。这句撕心裂肺的叮咛，每每想起，我都会心头酸楚，感到母爱的崇高与伟大。

第二年的春天，我家当时开着酒坊，一个早晨父亲套好了骡子车，上面的大"水鳖"灌满了几大缸勾兑好的散白酒，骡车拉着"水鳖"没等出屯爬出陡坡，不幸的是"水鳖"被颠簸开很大的一个口子，几吨的白酒眼睁睁地哗哗流淌在地，60米长的土路瞬间被白酒浸湿，酒味直刺鼻孔。我和父亲当时傻眼了。这对母亲也是个不小的打击。也就是那年秋天，母亲手术后不满一年，突然在一个晚上离开了我们。

我的老家是过去有名的小五队，由于屯子相对较穷，一些人家没有良好的家教。我也时常对母亲顶嘴，特别是母亲在人前夸赞我取得成绩时，我经常打断她的话头，引起她的不快。在母亲去世后很长一段时间里，我都为那个时候的不懂事而深深地愧疚和自责。

在母亲有生的岁月里，她辛辛苦苦抚育我长大，在我苦涩的童年和奋斗求学的少年时光里，虽然没有享受到多少母爱的快乐，可她给我留下的一些难忘的记忆碎片，始终都在激励和温暖着我，这是她留给我的最可贵的精神财富。

写于 2022 年 5 月 8 日母亲节

赞妻子

又是一年春草绿，转眼芳菲四月天，阳光暖照，微风习习，在这美好的时日里，迎来了妻子步入中年后的又一个生日。没有烛光晚宴，没有甜蜜祝福，有的只是这深深浅浅的文字，我想对于她而言，这是多少金钱都买不到的最好礼物。

妻子酷爱洁净，这是熟悉她的人对她的第一印象，用她的话说"人是衣，马是鞍""男人更应该头像头脚像脚的"，所以每每看到她穿的服装很少有拖拖拉拉的时候，即使是放下工作时挂起的白大褂也是干干净净、整洁利落。由于她的这一特性，女儿和我常常是被规矩的对象，不是袜子放得不是地方，就是鞋子摆放得不够规整，再就是洗的黄瓜没有洗净，或者擦的地面像秃老婆画眉。总之，在她的眼里，总是有可挑剔的地方和不完美之处。有时我们都觉得她累，觉得她絮烦，有点儿干净得过分，挑剔的最终结果常常是许多家务她一人独揽，被打消了积极性的我们则在一旁甩手听命。尽管这样，我们还是要钦敬这位伟大的女性，因为至少我们还懂得干净利落不是一件坏事，这种好的习惯应该传承，只是因为我们的惰性、我们的不可适应性，让她承受太多的苦和累。

妻子是个热心人，见面说话侃快热情，接打电话有礼有节，待人接物游刃有余，处事圆滑而滴水不漏。由于职业的关系，过去老屯的乡亲，沾上点边的亲属，以及通过这些人介绍来的患者不管是谁家有事求到她，她都热心维持和帮忙，甚至事隔五六年后患者电话来找她，她都忘却了人家的姓名，可还是唠得跟老熟人似的。在家族、亲属圈，她的电话简直就成了热线，通常致电占线时候多，有时一唠就是半小时，谁家有个为难事，到了她嘴里办法总比困难多，唠着唠着矛盾就解开了。

妻子是个家庭责任感极强的人，经常是家庭、单位两点一线，几乎没有外界的应酬场合，八小时之外更是除了锻炼就是宅家，家庭甚至成为她生活的全部。家里总有她干不完的活儿，被罩换上不到20天、窗帘挂上不到2个月就得摘下来浣洗，平时的小件衣物也是随脱随洗，玻璃时间久了挂上灰尘，她宁可周末不休息也要擦拭干净，用"窗明几净"形容家里的环境一点都不为过。妻子很重视饮食，很看重一日三餐，极少出去吃外面的饭，家里的萝卜、咸菜再普通，也是她一贯的青睐。在一家人中，她是最能经管我和女儿吃饭的了，早上天刚放亮就起床做饭，没等女儿睡醒就召唤吃饭。我下班前，都能接到她不厌其烦打来的电话，问晚上吃啥，怎么还不快点儿回家。对待女儿，她更是呵护备至，女儿喜欢吃的各种水果、食品挤满冰箱，女儿穿的衣服厚了薄了都是她的牵挂。如果我和女儿遇上头疼脑热，就更有她忙的了，桌子还没有拣下，点滴就又挂起，一会儿查看点滴滴的速度动一动，一会儿坐在身旁扒个橘子分着吃，声音也格外柔顺地问这问那。因此，在别人家看来感冒带来的是折磨和病痛，而我们家则是情感的最好沟通，是家里最温馨的时刻。

虽然妻子没有多高的文化，没有受到过大学的高等教育，可她处事不拘细节，很有闺秀风范。即使我们没有共同的爱好，性格天壤之别，可她却给了我一贯的支持，读书、写字乃至后来的摄影，也是她所赞赏的。对于我的很多外界应酬，她也没有提出过明显的反对，只是嘱咐不要什么酒都喝，遇到对心情的也需节制酒量。虽然我们都经常出去锻炼，但由于没有共同的规律，很少走在一起，就像两条不同的车道，即使前后都连接着一个方向，也不会相交，都有各自可遵循的行动轨迹。

婚后 20 年，从乡镇到县城，由白手起家走向温饱，我们经历了创业的艰辛，也领略了成功的乐趣。当年在一起的同事六家分手了五对，而我们也没少争吵，甚至一路走来磕磕绊绊，到如今我们还在一起牵手互相温暖着。

写于 2014 年 4 月 9 日

"威力牌"洗衣机

春节前夕，一台崭新的海尔洗衣机搬进家门。自此，陪伴我们婚姻22年的"威力牌"洗衣机正式退役。妻子建议将旧洗衣机送给亲属或卖掉，而我则执意将其留在家中，作为特殊的纪念。

1992年春节前夕，正筹备正月结婚的我们，坐着父亲赶的小马车，不顾天寒地冻，来到25公里外的邻省五常县城赶集，反复挑选了一款淡绿色的"威力牌"洗衣机。正如广告语说的"威力威力，够威够力"，洗衣机马力十足，在浣洗衣物时极少出现带不动的现象。在乡下住平房，由于没有下水道，每到冬季，尤其是过年大肆浣洗床单被罩时，洗完投，投完烘，烘完了晾，一弄就是小半天。

迎来夏季，院子里的晾衣杆经常被挂得满满的，五颜六色，站哪个角度看都是一道风景。

2003年下半年，我们举家进城住进地热新楼，洗衣机派上了很大用场。落地窗前常常是挂满衣杆，擦拭好的地面也得到了充分利用，由于地面返热，加上落地窗大玻璃透进的温暖日光，不多时所有晾晒的衣物就全干了。

洗衣机也有"发病"时刻。几年前洗衣机正在使用时，突然连电，第二天就找来修理师父。根据"能用即用尽量不换件"的原则，修理师父将三相插销顶头那个芯片按倒了，用两端的芯片接触电源，维持着运行。

今年元旦后，妻子正要浣洗衣物时，发现洗衣机蓄水桶漏水。妻子说："年头多了，洗衣机也有寿命，发出抗议了。"于是，我们决定换一台新的。

在新洗衣机没推回来之前，我连夜为这台"威力牌"洗衣机拍照留念，之后小心翼翼地将它安置在厨房一侧靠墙挨着冰箱的位置。

尽管新洗衣机的到来解决了衣物浣洗的大问题，尽管老牌威力从此不再发挥它的作用，可我还是舍不得丢弃它，每次走近都情不自禁联想起一些往事，它唤回了我们过去婚姻生活中许多抹不去的记忆。

写于 2015 年 1 月 21 日

可怜的三哥

中午接到老家的来电，告诉我三哥没了。突如其来的死讯让我吃了一惊，三哥怎么能没呢？他连60岁都不到啊！

三哥是大伯的三儿子，外号叫蔫儿。他智商稍低，年轻时经常遭到屯里人欺负，有时耍倔也讲不出个子丑寅卯来，在农村是地地道道的底层小人物。说来，他和我家还有几段是非。

在我刚上初中读书时，父亲为我买了一台天鹅牌自行车，由于我不会骑车，三哥就骑车送我上学。回到家后，我加紧练习骑自行车，他就在后面两手把着车座，为我掌握方向。当时我家开酒坊，三哥在这里干活儿，所以多帮助我一些，干东不干西，变相来看也是在"工作"。

婚后，我们小家搬到街里开食杂店。春节前需要进货，听说我们资金不足，三哥就主动把卖玉米的钱送来，无偿给我们使用。那时候我在镇政府上班，妻子在医院工作，种地时三哥缺资金会找到我们夫妻俩帮助贷款。我们帮助了他几年，三哥懂得感恩，日子再苦也要在春节前为我们送来两只小家鸡，尽管我们百般不留，但还是阻挡不住三哥的执着。

2001年以后，我工作调到了县城，和老家的联系也自然少了，平时听到的都是父亲的反馈。父亲家开个小卖店，屯里人经常赊账，每到年关，都会因为账款和屯里人发生一些不愉快，其中就有三哥，有一年父亲说他赖账不还，这给我留下了极其不好的印象。特别是有一年的正月初几，接到妹妹打来电话，说父亲让三哥用脚给踹了，当时倒在柴堆里没起来。父亲腿脚本来就不利索，这还了得，我和妻子随后就打车赶去老家。在三哥家，我气愤至极，两句话没到，就怒冲冲对他挥拳打去，一旁的妻子将我拽开。三哥没有还手，承认了错误，我也渐渐消了气。自那以后，每次过年回老家，跟三哥见面后都没有话说，三哥觉得不好意思，我也觉得很尴尬。事后我也做了分析，长期居住在一个屯中，因为欠账产生过节，三哥对父亲恨得咬牙切齿，有一次跳着脚骂父亲，还提到了多年前在酒坊干活儿的事。父亲一生从来没受到过如此咒骂，况且还是自己的侄子，所以多次讲起三哥是多么的虎和差劲儿。我不偏袒父亲，他可能有很多的不对，但三哥的做法我还是觉得太过分了，所以我狠狠地教训了他。

作为精准扶贫户，这次他的离世，市里驻村书记和所有村干部共同捐款，为三哥家送来 1000 块钱办丧，家族亲戚们都极力张罗这事。

听到关于三哥的这些消息，想起和我们家发生的前情旧事，特别是曾经对他的一顿揍，我鼻子有些泛酸，泪水在眼圈里打转，于是决定明早到人生终点站送送他。

写于 2020 年 1 月 9 日

后　记

酝酿五载、一度搁浅的散文集，终于付梓出版了。有劳女儿的支持，如愿以偿。欣慰之余，也对过去所走过的道路进行了认真审视。

和别人不同，我是抱定当作家的梦想走上文学道路的。曾经有评论家说过，作家之路犹如千军万马过独木桥，谁拥有了对生活的敏锐感受力，谁就具备了当作家的特质。为了能挤上独木桥，我对自己的人生做出了超前规划，并付诸努力一步步去实施，尽管中途出现一段搁浅，可最终还是到达了希望的彼岸。

1984年的隆冬，读初三的那个寒假，我毅然做出了辍学在家搞创作的决定。想法是狂热的，目标是当大作家。小屯里也有两位文友，我们三人一同参加文学创作函授学习。农活之余，我们形影不离，啃刊物、模仿创作，这样的日子不到一年。1985年暑期开学，我便重返校园选择读书，同时坚持创作，而同村的两位文友，一直也没见作品发表，仅存的写作的兴趣也被平俗的日子磨掉。我庆幸自己做出了返校的决定。

1986年进入高中学习，作家梦依然是我奋斗的支撑，这期间我牵头成立文学社，在一起经常探讨读书写作的有五六人，偶尔也在社团小报发表作品。高中毕业后文友各奔东西，为生计而奔波，我也扛起行李卷，带上纸和笔，准备一边打工一边写作。天赐良机，第二年，镇政府招聘广播站编辑，我有幸入选，就这样作家的梦想被带到了新的岗位上。

镇政府工作期间，和我一样的广播站编辑很多都是写作上的佼佼者，是全市表彰的优秀通讯员，并在《榆树报》经常发表作品。2003年《榆树报》停刊，很多作者失去了精神家园，纷纷搁笔。广播站也改制转企，有的编辑不得已改行或者自谋生路。而我领先一步，被上级部门招用写机关材料，虽然一时远离了文学，但还是在摆弄文字。这也算是不幸中的万幸。

进城后，工作环境变了，接触面宽了，认识的人多了，生活质量也跟着提升了，最初的想法发生了改变，从而降低了对文学的热度，此后十年没看文学书，没写文学作品，作家的梦想抛于脑后，代之以玩摄影，经营QQ群，痴迷于网络，采风、旅游占据了大量业余时间，网站发摄影帖、音画帖，文字成为偶尔的点缀，生活充满了浮躁之气。当时的大环境如此，经济过热，文学萧条。

直到2013年，市文联《榆树人》点名约稿重燃起我文学的激情。十年的歇笔，十年的沉淀，灵感一旦被激活，便一发而不可收，随即一篇篇作品见诸报端，常有获奖惊喜。从最初的爱好写诗，到参加工作发表新闻报道，再到进城写机关材料，蛰伏十年后又返回到文学创作的原点，我庆幸自己没有走丢，并一步步抵近当年的梦想。

2015 年初，榆树作协换届，我荣幸成为第三届理事会副秘书长，主管会员的发展工作。在地方小城，作协对于文学爱好者有一定的诱惑力，进入作协，是创作水平的体现。而自己算不算作家，一直没有得到内心的认可，尽管过去发表了大量的新闻作品，可新闻不等同于文学，两者不可替代。不久，我和一些骨干会员被吸收进长春作协。但扪心自问，仅现有发表的作品就是作家了？在我当年的心中，作家可是无比神圣的呀！我暗自努力，决不负于这个称谓。2017 年，我在届中被补选为作协副主席，2019 年 8 月又被省作协吸收为会员，手捧会员证，我感到了这份殊荣来之不易，这毕竟是我执着努力多年所要达到的方向啊！那一天我想起很多，并计划着出一本书。2020 年 5 月，作协主席下派乡镇工作，我经过半年的代理，正式接任主席。新的职位令我诚惶诚恐，创作上不敢有丝毫的懈怠，出书的想法更加迫切。我甚至觉得，不出一本作品集，证明不了创作的实力，于是自我加压，创作积累作品，以作品发表的数量、质量，给关心、支持我的人以回馈，也给奋斗多年的自己一个交代。

几年前，市文联提出过为域内作家出版个人作品集的设想。我和几位骨干会员跃跃欲试，经过半个多月的整理，我精选出已经发表的成形作品 60 多篇近 13 万字。后来个人作品集改为统一出书，我和很多会员一样，精选若干作品收进《中国，有个粮仓叫榆树》，我另外一些作品也相继被《追梦榆树人》《榆树文笔》收入，有的作品在新华社客户端和人民网、新华网、中新网发表。但一直没有出版个人作品集，始终觉得是个遗憾。

这次铁定出书，源于女儿给我的支持，甚至她已联系好了省外一家知名出版社，而我决意交给吉林人民出版社。这部作品集，共收入我参加工作以来创作的81篇散文作品，将近21万字。最早的作品发表于1991年，时间跨度31年，现在看有些作品略显稚嫩，但毕竟是我某一个时期工作和学习的记载。从内容上看，乡土作品占绝大部分，有家乡生活的回忆，有文学成长的经历，有城乡发生的新变化，有外出旅行的游记，也有与家人一起活动的点滴。范围庞杂，不成体系，但都是真实的经历，索性一并收录了。

本书的出版，吉林省作协副主席景凤鸣、吉林人民出版社总编辑吴文阁两位老师给予很大支持，吉林省作协副主席、吉林文学院院长王怀宇赠言鼓励，长春作协副主席兼秘书长于柏秋撰写序言，在此表示特别感谢。

由于本人能力有限，作品水平有待提高，有人赏读便已知足，不足之处望大家指正。

王剑波

2022年12月